L'IMPOSSIBLE HÉRITAGE

NOTE DE L'ÉDITEUR

Les volumes de la collection sont imprimés en très grande série.

Un incident technique peut se produire en cours de fabrication et il est possible qu'un livre souffre d'une imperfection qui a pu échapper aux services de contrôle.

Dans ce cas, il ne faut pas hésiter à nous le renvoyer. Il sera immédiatement échangé.

Les frais de port seront remboursés.

PETER CHEYNEY

L'IMPOSSIBLE HÉRITAGE

(UNEASY TERMS)

TRADUIT DE L'ANGLAIS PAR MICHEL LE HOUBIE

PARIS
LIBRAIRIE DES CHAMPS-ÉLYSÉES
10, RUE DE MARIGNAN, 10

CHAPITRE PREMIER

Soufflant de la mer et chassant devant lui une pluie qui s'abattait par rafales sur les coteaux du Sussex, un vent lugubre mugissait à travers les bois qui s'étendaient derrière le village de Hangover. Sur la colline, on distinguait à peine dans l'obscurité la masse sombre de Dark Spinney, la vieille maison familiale des Alardyse, ceinturée d'un mur couvert de mousse et de lichen, par instants éclairé par les phares de quelque voiture en route vers Alfriston.

A l'intérieur, une horloge asthmatique sonna huit heures, Viola Alardyse descendait l'escalier. Grande, élancée, très jolie, avec des cheveux couleur de blé mûr, elle se déplaçait avec infiniment de grâce et de légèreté. Elle s'immobilisa sur le petit palier qui précédait les trois dernières marches. Elle avait devant elle la double porte qui ouvrait sur le vestibule et, à sa gauche, le couloir lambrissé de chêne conduisant au sentier qui, à travers le jardin, menait à la porte donnant sur la route d'Alfriston.

Elle resta là un instant, une main sur la rampe, l'autre pendant le long du corps. Elle consulta sa montre-bracelet, attendit encore un peu, puis, traversant le hall, s'en fut vers le couloir allant au salon et à la salle à manger. Elle avait parcouru la moitié du chemin quand elle entendit s'ouvrir la porte, au bout du couloir menant au jardin. Vivement, elle revint sur ses pas. Elle était au pied de l'escalier quand sa sœur entra.

– Bonsoir, Corinne!

Corinne, les mains enfoncées dans les poches de son imperméable trempé, considéra longuement sa sœur à travers des paupières à demi fermées. Elle était brune et un peu plus petite que Viola, mais très belle, elle aussi. Il y avait dans son expression comme du mépris. Une lueur malicieuse flamba dans ses yeux verts, comme si l'idée d'une bonne farce lui venait à l'esprit.

– Il fait un temps de chien! déclara-t-elle, retirant son imperméable. J'ai cru me noyer en revenant du garage. A part ça, mon chou, tu vas bien?

Le ton était nettement ironique.

– Est-ce que tu te moquerais de moi? Je n'ai pas envie de plaisanter.

Corinne, son imperméable accroché au portemanteau, s'adossa au mur, juste en face de sa sœur. Puis, de la poche de sa veste de tweed, elle tira son étui à cigarettes et son briquet. Elle ne se pressait pas, ses gestes avaient une lenteur calculée et sa réponse se fit attendre.

– Que tu n'aies pas envie de plaisanter, ma chérie, ça ne m'étonne pas! Mais à qui la faute? Il me semble bien avoir lu quelque part que ce sont toujours les pécheurs qui demandent qu'on les plaigne.

– Je ne t'ai jamais demandé de me plaindre.

– Probablement parce que tu savais très bien

que je ne l'aurais pas fait? pourquoi l'aurais-je fait, veux-tu me le dire?

– Je n'en sais rien. Je ne te demande pas de me plaindre, mais je crois que tu pourrais au moins me rapporter ce qui s'est passé.

Corinne se détacha du mur.

– Je comprends très bien que tu tiennes à savoir *exactement* ce qui s'est passé. C'est le contraire qui me surprendrait!

Fixant d'un œil indifférent l'extrémité rougeoyante de sa cigarette, elle poursuivit :

– Eh bien, je vais te le dire! Notre ami est aussi dur que jamais et je ne crois pas me tromper en ajoutant qu'il pourrait bien le devenir encore un peu plus.

– Mon Dieu!

– Je ne vois pas en quoi le Bon Dieu peut t'aider! Pour la situation, elle tient en deux mots. Il déclare qu'il n'y a rien de changé. Autrement dit, les paiements restent les mêmes que par le passé. Sinon...

Après un silence, guettant sa sœur du coin de l'œil, elle ajouta :

– D'ailleurs, je ne vois pas pourquoi tu grognes. Celle qui aurait le droit de le faire, ce serait plutôt moi!

– Il y a des moments où la tentation me vient d'en finir une fois pour toutes! Corinne, c'est une solution qui ne te léserait pas. Tu y gagnerais!

– Peut-être, mais je n'y tiens pas autrement. La situation, telle qu'elle est, me convient parfaitement et, ce que je ne vois pas, j'y insiste, c'est pourquoi tu ronchonnes! Tu es encore rudement mieux comme ça que si la vérité venait à se savoir!

– Mais ses exigences vont croissant!

Corinne haussa les épaules.

– Les hommes sont tous comme ça! Ils demandent toujours plus! Mais, quelle importance? Tu es riche!

Levant les yeux vers le haut de l'escalier, elle s'écria :

– Mon Dieu! mon Dieu, qu'est-ce que je vois!

Une étonnante silhouette venait d'apparaître au sommet des marches, qu'elle descendait à pas menus. C'était Miss Patricia Alardyse, dix-sept ans. Chaussée de souliers de bal en satin rouge, trop grands et pourvus de talons hauts de quinze centimètres, engoncée dans une robe de soie écarlate, extrêmement chic, mais dans laquelle elle semblait flotter, ses cheveux blonds tombant sur ses épaules et lui cachant une partie du visage, selon la mode lancée par Veronica Lake, Patricia inaugurait un maquillage extraordinaire : un visage d'une pâleur cadavérique, des yeux soulignés de bleu, avec des cils alourdis de mascara, une bouche sanglante aux lèvres énormes remplaçant la petite bouche dont l'avait dotée la nature.

Corinne lui laissa descendre quelques marches, puis l'interpella vertement :

– Espèce de sale petite rosse! Monte dans ta chambre et va m'enlever cette robe! Je t'ai défendu de fouiller dans mon armoire! Et profite de l'occasion pour aller te laver la figure! Tu as l'air d'un épouvantail!

Penchée sur la rampe dans une attitude théâtrale très étudiée, Patricia répliqua :

– On ne t'a jamais appris, Corinne, que toutes les femmes ressemblent peu ou prou à des épouvantails?

– Va me retirer cette robe et remettre ces souliers où tu les as pris!

Patricia, plus Veronica Lake que jamais, répondit qu'elle n'en ferait rien

– Vraiment? Tu sais ce qui se passera si Gervase te voit fagotée comme tu l'es? Nous écoperons d'un sermon qui durera des heures!

– Ça m'est égal! Stevens, le commis du boucher, m'a dit l'autre jour que je ressemblais à Greta Garbo.

– Et, quarante-huit heures plus tôt, le gosse qui apporte les journaux t'avait affirmé que tu avais tout de Marlène Dietrich! Espèce de petite idiote! J'en ai assez de te voir mes robes sur le dos.

Patricia se remettait en route, d'un air qu'elle croyait plein de dignité.

– Ma chère Corinne, tout ce que tu peux dire, ne saurait me toucher. Je sais trop bien ce qui te chiffonne : tu es jalouse, voilà tout!

Elle passa devant ses sœurs et, d'un pas majestueux, s'éloigna par le couloir menant à la salle à manger.

– Patricia devient exaspérante, déclara Corinne lorsqu'elle eut disparu.

Viola sourit avec indulgence.

– Bah! Elle est jeune et ça ne veut rien dire. Ça lui passera!

Un gong résonna du côté de la salle à manger.

– Dépêche-toi d'aller te changer, Corinne! dit Viola. Gervase sera furieux si tu ne t'habilles pas pour dîner.

– Je commence à en avoir par-dessus la tête de mon beau-père! Un bonhomme qui se figure qu'on n'a rien de mieux à faire que de changer de vêtements du matin au soir!

Elle monta l'escalier. Avant de disparaître, elle se retourna et dit à mix-voix :

– Ne te laisse pas aller, Viola! Tu peux me croire, tu n'as rien à craindre... aussi longtemps que tu paies. A tout de suite!

Viola resta seule dans le vestibule pendant quelques instants. Elle se sentait triste et malheureuse. Sur le point de pleurer, brutalement, sans réfléchir, elle prit une décision et, d'un pas pressé, elle s'engagea dans le couloir qui conduisait au bureau de son beau-père. Au bout, il y avait une porte. Elle frappa doucement.

– Qu'est-ce que c'est? demanda la voix irritée de Gervase. On ne peut donc pas me ficher la paix une minute? Qui est là?

Viola sentit fondre son courage.

– Excusez-moi! Ça n'a rien d'important! Je suis navrée de vous avoir dérangé...

Elle regagna le vestibule et, les yeux pleins de larmes, monta à sa chambre, au premier étage.

Une fois chez elle, elle se jeta sur son lit et, le visage enfoui dans son oreiller, se mit à pleurer.

. . . .

Nous avons l'honneur de vous présenter le colonel Gervase Stenhurst, autrefois de l'armée des Indes, aujourd'hui *squire* de Dark Spinney et chef nominal du clan Alardyse et des restes du clan Wymering. Il préside le dîner et pose, sur les différents membres de sa famille, assis autour de l'immense table de chêne, un œil qui aurait tendance à être triste et malveillant.

Le colonel appartient à la « vieille école ». Ses manières sont excellentes... quand il se sait regardé. Il respecte les dames, il aime le whisky, de préférence accompagné d'un bon cigare, ses aises lui sont chères.

Au vrai, il a un caractère impossible. Il sait où est son intérêt, mais il lui déplaît que les gens s'en aperçoivent. Il s'illusionne sur son propre compte, il est vaniteux et il a soixante-deux ans.

A l'autre bout de la table, est assise Miss Honoria Wymering, sœur de la défunte Stenhurst, laquelle avait eu, de son premier mariage avec Ferdinand Alardyse, trois filles qui sont Viola, Corinne et Patricia. Miss Wymering, dont les yeux bleus sont restés très beaux, jette de temps à autre autour d'elle des regards inquiets. Il y a de l'electricité dans l'air et elle le sent.

Miss Wymering est rondelette, mais encore jolie. Ses cheveux blancs sont coiffés avec art. Quand on la regarde, on se rend compte qu'elle est, comme toutes les Wymering, une femme qui a de la branche; Viola, Corinne et Patricia sont adorables, par tradition de famille. Leurs beautés, d'ailleurs, sont très différentes.

Il y a chez Viola une dignité qui ne se retrouve pas chez Corinne, non plus que chez Patricia, qui a l'air d'un petit démon.

Au fait, il serait peut-être bon de dire deux mots de Patricia, qui est loin d'être une imbécile. Elle a le goût du théâtre, et à longueur de jour elle incarne quelque vedette de l'écran, choisie dans son nombreux répertoire. Elle méprise son beau-père, considère sa tante avec indulgence, redoute Corinne, qui lui fait vraiment peur, et adore Viola.

Miss Wymering mange son potage. Ses gestes conservent leur grâce ordinaire, mais elle est préoccupée. Il y a quelque chose qui ne va pas et elle voudrait bien savoir quoi.

Miss Wymering regarde Viola. Ces cernes

qu'elle a sous les yeux indiquent qu'il y a quelque chose qui la tracasse. Mais quoi? Miss Wymering pousse un petit soupir et regrette de n'avoir pas assez de courage pour interroger Viola.

Son regard se porte sur Corinne, sur le visage de qui se lit la plus complète satisfaction. Miss Wymering ne peut se défendre de penser qu'elle ressemble « au chat qui a mangé le canari » et de se demander *qui* est le canari du moment.

Sallins, le maître d'hôtel, attend le moment d'enlever les assiettes. Il était tout jeune quand il est entré au service de la famille et il a maintenant des cheveux blancs. Il se rend compte, lui aussi, qu'il y a « quelque chose dans l'air » et se demande « s'ils » attendront le café ou si la dispute ne va pas commencer d'un instant à l'autre.

L'orage éclata après que Sallins eut servi les côtelettes et fut reparti vers l'office pour voir où en était l'entremets. Corinne, posant fourchette et couteau, interpellait Patricia.

– Il me semblait t'avoir ordonné d'enlever cette robe. Pourquoi ne l'as-tu pas fait?

Patricia dévisagea sa sœur et répondit d'une voix glacée :

– Après la façon dont tu m'as traitée avant le dîner, je ne me sens pas d'humeur à te parler!

Le colonel, agacé, se racla la gorge.

– Tout de suite après le dîner, reprit Corinne, tu me feras le plaisir de monter à ta chambre et de me retirer cette robe. Tu pourras du même coup te laver la figure et te recoiffer de façon décente.

Très à l'aise, Patricia répliqua d'une voix douce et avec un sourire :

– Sais-tu, *ma chérie,* que tu ne parais pas de très bonne humeur, ce soir?

Tournée vers son beau-père, elle poursuivit :

– Vous savez, beau-papa, que, lorsqu'elle est en colère, Corinne est positivement une enquiquineuse.

Le colonel n'attendait qu'un prétexte pour exploser.

– J'en ai assez de ces discussions à table et plus qu'assez de votre horrible argot! De mon temps, les jeunes filles étaient autrement bien élevées que vous ne l'êtes! Qu'est-ce que ça signifie, ça, d'appeler Corinne une enquiquineuse?

Patricia ne demandait qu'à l'expliquer.

– Dire de quelqu'un qu'il vous enquiquine, c'est recourir à une façon polie pour exprimer...

– Suffit!

Le colonel s'en prenait à miss Wymering.

– Vraiment, Honoria, je ne sais à quoi vous passez votre temps! Vous voyez comment cette enfant me parle, à moi, son beau-père?... Sa conduite me consterne. Comme celle de ses sœurs, d'ailleurs. Il y a longtemps que l'atmosphère de cette maison m'est insupportable. J'essayais de fermer les yeux. Patricia, avec ses allures garçonnières, se tient de façon inadmissible. Corinne est probablement la jeune fille la plus mal embouchée que j'aie jamais rencontrée. Viola, du moins, semblait possible.

Miss Wymering réunit tout son courage pour poser une question.

– Mais, Gervase, qu'a-t-elle fait?

– Elle le sait bien... et j'en dirai autant de Corinne! Elles savent très bien, toutes les deux, ce qu'elles ont à se reprocher!

Miss Wymering levait des sourcils étonnés.

– Mais enfin, Gervase que *font-elles* de mal?

– J'y arrive! Des rumeurs très désagréables circulent dans le village, à Alfriston et même plus loin, puisque ces bruits courent à Eastbourne. On y associe les noms de Viola et de Corinne à celui d'un très vilain monsieur, qui possède un passé déplorable et un présent non moins fâcheux. L'individu exploite une des plus infâmes boîtes de nuit qui soient dans la région de Brighton. Il m'est pénible d'apprendre ça par les amis que je rencontre au club, lesquels ne se font pas faute de me rapporter les propos qui se colportent. Je considère, d'ailleurs, qu'ils n'ont pas tout à fait tort de commencer à penser que deux de mes belles-filles se conduisent comme des gourgandines.

Viola protesta.

– Ne croyez-vous pas, Gervase, que vous vous montrez avec nous d'une grossièreté inqualifiable? Avez-vous bien le droit de dire des choses comme ça et ne vous rendez-vous donc pas compte qu'elles sont simplement ridicules?

– Et comment! s'écria Corinne. D'autre part, vous devriez peut-être y regarder à deux fois avant d'attaquer la famille, et Viola en particulier. Après tout, nous savons fort bien que, comme exécuteur testamentaire de maman, vous ne recevez que deux cent cinquante livres par an et que, si vous en touchez mille de plus, c'est parce que Viola le veut bien. Quand vous l'insultez, n'est-ce pas un peu comme si vous mordiez la main qui vous nourrit?

– Vous, grogna le colonel entre ses dents, il y a des minutes où je vous étranglerais avec joie!

Miss Wymering intervint.

– Tout ceci n'a pas le sens commun, et j'estime, Gervase, que, si vous avez des observations à faire aux petites, ce n'est ni le lieu, ni le moment.

– Vous voulez, Honoria, que nous parlions d'autre chose. Soit! J'espère que vous voudrez bien faire la leçon à Patricia. Quant à Viola et à Corinne, je vais simplement leur préciser mes intentions.

Après avoir repris haleine, il continua :

– Il est clair qu'il se passe actuellement sous mon nez quelque chose qui compromet la réputation de ces demoiselles et celle de la famille. J'imagine que cela vous est parfaitement indifférent, à l'une et l'autre. Mais il faut que vous compreniez bien ceci : je saurai ce qui se passe, j'en ai pris la ferme résolution. S'il faut vous faire surveiller, je le ferai! Et, si je puis intervenir d'une façon ou d'une autre pour que les choses rentrent dans l'ordre, comptez que je n'y manquerai pas!

Viola se leva.

– Vous m'excuserez, ma tante, je prendrai le café dans ma chambre.

Corinne, sa sœur sortie, s'adressa à son beau-père.

– Ce que vous me paraissez oublier, c'est que Viola a près de trente ans et que j'en ai vingt-huit. Croyez-vous que nous ne sommes pas un peu vieilles pour être surveillées?

– Vous n'êtes, ni l'une, ni l'autre, assez vieilles pour avoir du bon sens! lança le colonel. Est-ce que vous vous figurez que ça m'amuse de vous faire surveiller?

D'une voix plus douce, il ajouta :

– Si vous voulez bien me dire ce qu'il y a entre

cet homme, votre sœur et vous, parfait! Sinon, je prendrai les décisions qui me sembleront convenables.

– En ce qui me concerne, vous pouvez bien faire ce que vous voulez, ça m'est complètement égal! Seulement, à votre place, je me méfierais.

Elle se leva et poursuivit :

– Quel drôle de dîner! Sallins lui-même en oublie ses devoirs! Bonne nuit, ma tante!

Avec un sourire, elle se tourna vers son beau-père.

– Et bonne nuit à vous aussi, Gervase!...

Patricia s'était levée, elle aussi.

– J'ai idée que la rigolade est finie. Alors, j'aime autant m'en aller. Bonsoir, tout le monde!

– Etes-vous bien sûr, Gervase, que vous n'exagérez pas? demanda miss Wymering. Que Corinne ait fait des bêtises, je veux bien le croire! Mais pas Viola! Etes-vous bien certain de ce que vous avancez?

– Je sais ce dont je parle, et je n'ai jamais été plus sérieux de ma vie. Je suis l'un des exécuteurs testamentaires de ma défunte femme et, en cette qualité, j'ai le droit et le devoir de me renseigner sur ce qui se passe. Quand j'en saurai un peu plus, je vous dirai tout. En attendant, l'attitude de mes belles-filles étant ce qu'elle est, je vais faire les recherches qui s'imposent. On m'a donné le nom d'un homme de Londres, qui est, m'assure-t-on, un détective privé extrêmement remarquable. Je vais me mettre en rapport avec lui. En tout cas, *je saurai la vérité,* je vous en donne ma parole!

⁂

Corinne, demeurée derrière la porte de la salle à manger, entendit le colonel sortir par l'autre couloir, arriver dans le hall, prendre ses lettres dans le plateau de métal où on déposait le courrier, puis monter l'escalier à grandes enjambées. Quand elle eut la certitude qu'il était au premier étage, elle gagna le hall. Un sourire angélique aux lèvres, elle s'adossa au mur, l'œil fixé sur l'appareil téléphonique et l'oreille tendue. Elle attendait le petit bruit presque imperceptible que fait le poste principal lorsqu'on décroche l'appareil d'un poste secondaire. Elle l'entendit bientôt.

Quelques minutes passèrent, puis, de nouveau, il y eut dans l'appareil le même petit bruit que tout à l'heure. Vivement, Corinne alla au téléphone. D'un geste précautionneux, elle souleva le récepteur et le porta à son oreille. Le colonel parlait.

– Je désirerais avoir M. Callaghan. On m'a donné son nom et je suis prêt à rétribuer ses services ainsi qu'il convient. Je suis le colonel Gervase Stenhurst, de Dark Spinney, Hangover. C'est près d'Alfriston, dans le Sussex. Il s'agit de quelque chose de très important. J'ai reçu une lettre que...

A l'autre bout du fil, une voix l'interrompit.

– D'accord!... Seulement, vous savez l'heure qu'il est? Il est huit heures et demie et Callaghan ne travaille pas la nuit... Enfin, pas souvent!... Si ça ne peut pas attendre, si c'est vraiment pressé, vous pourriez essayer de l'avoir d'ici une demi-heure au Night Light Club. Je ne garantis rien, mais vous verrez bien! Le numéro d'appel, c'est Mayfair 43276.

– Merci. Je vais essayer de le joindre. En tout cas, il faut qu'il vienne ici demain. J'ai besoin de le voir le plus tôt possible.

– Entendu! Il viendra à moins qu'il ne vienne pas. Avec lui, on ne sait jamais! Le mieux que vous ayez à faire, c'est de l'appeler où je vous ai dit. Vous vous expliquerez avec lui!

Corinne posa le récepteur et resta un moment à le regarder. Pensive, elle réfléchissait. Sa décision prise, elle alla au portemanteau, enfila son imperméable et s'en fut par le couloir menant au jardin.

. . . .

Callaghan poussa la porte du Night Light Club, jeta un coup d'œil sur la salle, posa son chapeau de feutre sur une table à droite de l'entrée, alla se percher sur un des hauts tabourets du bar et se fit servir un double whisky, avec un peu d'eau de Seltz.

Il portait un veston croisé bleu, une chemise de soie d'un bleu léger et une cravate bleu marine. Il avait les cheveux noirs, les yeux gris, un visage allongé, avec un menton ferme et une bouche bien dessinée.

Callaghan vida son whisky et constata qu'il s'ennuyait.

Une femme au parfum agressif escalada le tabouret voisin de celui de Callaghan. Le détective s'écarta un peu pour lui faire de la place et commanda un second whisky. O'Shaughnessy, le barman, le lui servit, puis, répondant à l'appel de la sonnerie, se hâta vers la petite salle des téléphones, au fond de l'établissement. Il reparut au bout d'une demi-minute.

– C'est une communication pour vous, monsieur Callaghan. Est-ce que vous la prenez?

Callaghan vida la moitié de son verre avant de répondre :

– Qui est-ce qui me demande, Patrick?

– La personne n'a pas voulu donner son nom. Elle dit que c'est urgent.

– Très bien! J'y vais!

Callaghan descendit de son perchoir et, d'un pas assez incertain, se dirigea vers le fond de la salle. Il entra dans la cabine dont Patrick avait laissé la porte ouverte, s'adossa au mur et contempla d'un œil vague le récepteur, qui se balançait doucement au bout de son fil. Il lui semblait le voir grandir peu à peu, cependant que l'appareil se mettait à tourner sur lui-même. Sa vue se troublait et une douleur aiguë lui mordait la nuque. Il sentit qu'il perdait l'équilibre.

Il s'abattit sur la porte, qui s'ouvrit sous le choc, chancela et vint tomber, un peu plus loin, dans les toilettes. Evanoui...

. . . .

Quand Callaghan, toujours étendu par terre dans les toilettes, rouvrit les yeux, il vit, penchée sur lui, une sorte de pleine lune qui n'était autre que le visage bien rempli d'O'Shaughnessy.

– Buvez ça, monsieur Callaghan! Ça ira mieux après!... Qu'est-ce qui vous est donc arrivé?

Soutenant la tête de Callaghan, il approchait un verre de ses lèvres. Le détective avala une gorgée du breuvage, qui lui parut fort et amer, frissonna et demanda depuis combien de temps il était là.

– Vingt-cinq minutes à peu près! répondit le barman. Rappelez-vous! Vous êtes allé au téléphone, mais vous n'avez pas pris la communication. On vous a trouvé à l'instant. Qu'est-ce que vous avez eu?

Callaghan essaya de sourire.

– Tu devrais le savoir, car j'ai idée que c'est ton dernier whisky qui m'a assommé. D'où vient-il? On ne l'aurait pas fabriqué au premier, dans la baignoire?

O'Shaughnessy protesta.

– Vous savez bien, monsieur Callaghan, que ces pratiques-là n'ont pas cours ici! Votre whisky était excellent. D'autres clients en ont bu, qui venait de la même bouteille. Ça ne serait pas plutôt quelque chose que vous auriez mangé?

– Possible!

Callaghan se mit debout et remercia le barman, qui se retira, non sans avoir auparavant donné un coup de brosse à ses vêtements. Callaghan se plongea la tête dans l'eau froide, but quelques gorgées d'eau, alluma une cigarette et retourna au bar. Il n'y avait plus là que deux personnes, deux hommes qui parlaient courses dans un coin.

– Donne-moi un whisky, Patrick, dit Callaghan. Mais pas de la même bouteille!

O'Shaughnessy en déboucha une et Callaghan, quelques instants plus tard, reprenait à pied le chemin de son domicile, situé dans Berkeley Square, dans le même immeuble que ses bureaux. A neuf heures et demie, il pénétrait dans son cabinet, où il trouva – sans surprise – installé dans son fauteuil, les pieds sur la table et une bouteille de whisky par terre, à portée de sa main, Windemere Nikolls, son assistant, qui interrompit pour le saluer la lecture d'un livre intitulé *Comment se faire aimer des femmes.*

– Quoi de neuf, Windy? demanda Callaghan. Pas de coups de téléphone?

– Si! Il y a un certain colonel Gervase Stenhurst qui t'a appelé de Dark Spinney, Hangover, un village qui se trouverait près d'un bled du nom d'Alfriston. Il tenait absolument à te parler. Alors, je lui ai dit de te demander au Night Light...

Callaghan restait muet.

– Qu'est-ce que tu as décidé? Tu vas là-bas comme il le désirait, ou quoi?

Callaghan alluma une cigarette.

– Non. L'affaire ne m'intéresse pas.

Après quoi, il sortit en claquant la porte.

– Et zut! murmura Nikolls.

Puis, prenant son chapeau, il se prépara à s'en aller, lui aussi.

CHAPITRE II

Il était trois heures de l'après-midi quand, de son appartement, Callaghan appela sa secrétaire par le téléphone intérieur.

– Bonjour, Monsieur Callaghan! dit Effie. J'espère que vous avez bien dormi?

– Très bien, merci! Quoi de neuf?

– Il n'y a pas grand-chose dans le courrier...

– Pas de coups de téléphone?

– Non.

– Parfait! Je descendrai dans une demi-heure. Préparez-moi les lettres à signer. Il est possible que j'aille faire un tour à la campagne. Voulez-vous téléphoner au garage pour dire qu'on m'amène la voiture pour quatre heures?

– Bien, Monsieur!

Effie venait de remettre le téléphone en place quand la porte de son bureau s'ouvrit devant une visiteuse. Effie Thompson se leva et lui demanda ce qu'elle pouvait pour elle.

– Je suis miss Viola Alardyse, répondit la jeune femme qui e tenait sur le seuil, et je désirerais voir M. Callaghan. Il s'agit de quelque chose d'important et j'aimerais être reçue tout de suite.

Effie ne put s'empêcher de sourire discrètement.

– Je vous comprends fort bien, mais il n'est pas très facile de voir M. Callaghan « tout de suite ». D'ailleurs, il n'est pas ici en ce moment. Voudriez-vous lui laisser un mot? M. Callaghan ne reçoit guère ses clients que sur rendez-vous.

– Je ne suis pas une cliente, et il serait de l'intérêt de M. Callaghan de me recevoir. Peut-être vous serait-il possible de me dire *quand* il sera à son bureau. Il me serait désagréable de lui créer des ennuis sans lui avoir auparavant donné une chance de m'entendre...

Effie réfléchissait, se demandant dans quel nouveau guêpier Callaghan s'était fourré. Alardyse était très belle et elle avait l'air d'être de ces femmes qui *peuvent* devenir dangereuses.

– Si vous voulez vous asseoir, miss Alardyse, je vais essayer de joindre M. Callaghan.

Miss Alardyse remercia, s'assit et croisa les jambes. Effie pria Miss Alardyse de l'excuser et courut s'enfermer dans le bureau de Callaghan, d'où elle l'appela au téléphone.

– Monsieur Callaghan, il y a du nouveau! J'ai chez moi une dame qui demande à vous voir. Elle a l'air de savoir ce qu'elle veut. Vous voyez ce que je veux dire? Elle déclare qu'elle serait désolée de vous créer des ennuis sans vous avoir donné une chance de l'entendre. Ni plus, ni moins!

– Voyez-vous ça! Et après?

– Je dois ajouter qu'elle est très belle... Vraiment très belle... Le genre « grande dame qui a mauvais caractère »... Elle n'a pas l'air de vous aimer *beaucoup*...

– Parfait!... Et sait-on comment elle s'appelle?

– C'est une Miss Viola Alardyse.

Après un silence de quelques secondes, Effie reprit :

– J'aimerais, Monsieur Callaghan, que vous puissiez la voir. C'est une femme qui a une idée en tête et je crois qu'elle a assez de classe pour être dangereuse.

– Très bien. Je descends dans cinq minutes. Faites-la entrer dans mon bureau.

Effie alla retrouver Miss Alardyse, à qui elle fit part du résultat de sa communication téléphonique avec M. Callaghan. Elle la conduisit ensuite dans le cabinet directorial, lui avança un grand fauteuil de cuir, plaça à portée de sa main le coffret à cigarettes et le gros briquet de bureau, puis se retira. Elle était assez contente d'elle-même.

Viola Alardyse, cependant, attendait, tout en pensant aux détectives privés. Des gens assez peu recommandables qu'on employait à de basses besognes d'espionnage dans les affaires de divorce, des individus suspects, à qui le président du tribunal ne se gênait pas pour adresser des remarques blessantes, lorsqu'il leur arrivait de témoigner dans une enceinte de justice.

Callaghan entra et alla directement s'asseoir à son bureau. Il alluma une cigarette, se renversa dans son fauteuil et posa sur la visiteuse un regard empreint de bienveillance.

– Monsieur Callaghan, dit Viola, je suis très pressée et c'est pourquoi j'en viendrai tout de suite au fait.

Il hocha la tête en signe d'approbation.

– C'est là une excellente idée.

– Hier soir, reprit Viola, le colonel Stenhurst, qui est l'un des exécuteurs testamentaires de ma mère, vous a téléphoné. Il m'a semblé qu'il était de mon devoir de vous rendre visite avant que vous ne décidiez des mesures que vous comptez prendre, comme suite à ce coup de téléphone.

– Vraiment?

– Ce que vous a dit le colonel et ce qu'il vous a demandé de faire, je l'ignore. Mais je pense qu'il est bon que vous sachiez que je m'oppose absolument à ce que vous preniez, à son instigation, telle ou telle mesure que je ne saurais admettre.

– Est-ce que tout cela n'est pas un peu confus? Vous me déclarez que vous ne savez pas ce que m'a dit le colonel Stenhurst, non plus que ce qu'il a pu me demander de faire, et vous ajoutez que, quoi que ce soit, je ne dois pas le faire.

Elle eut un petit haut-le-corps.

– Monsieur Callaghan, est-ce que vous essaieriez d'être blessant?

Il secoua la tête.

– Quand je veux blesser les gens, miss Alardyse, j'y parviens sans effort, mais croyez que je ne cherche nullement à vous être désagréable! Je voudrais seulement introduire un peu de bon sens dans la conversation. Puis-je remarquer que, si vous désirez que je ne fasse pas ce que le colonel Stenhurst veut me voir faire, il ne serait peut-être pas mauvais que vous commenciez par m'informer de ce qu'il attend de moi?

– Dois-je comprendre, monsieur Callaghan, que vous n'avez pas parlé au téléphone avec le colonel ou qu'en tout cas il ne vous a pas donné d'instructions?

Callaghan répondit avec circonspection.

– Miss Alardyse, je suis détective privé. Admettons, simple supposition, que j'aie eu avec le colonel Stenhurst une longue conversation et qu'il m'ait prié de faire certaines choses. Croyez-vous qu'il me serait possible de les discuter avec vous sans sa permission?

Il tira longuement sur sa cigarette, et poursuivit :

– Puis-je risquer une suggestion, miss Alardyse? J'ai toujours tenu la vérité pour une arme très efficace. Il est clair que vous n'êtes pas d'accord avec le colonel Stenhurst sur quelque chose d'important. Si vous me disiez exactement de quoi il s'agit? Ce serait tellement plus simple!

– C'est votre avis, mais je suis très loin de le partager. Ainsi que je vous l'ai déjà dit, je ne suis venue vous trouver que dans votre intérêt, pour vous empêcher, vous, de vous mettre dans une situation très difficile.

– Je vous en suis très reconnaissant et je puis vous garantir que, si je puis éviter ça, je ne manquerai pas de le faire. Naturellement, si vous avez peur du colonel Stenhurst...

– Qu'entendez-vous par là?

Callaghan, qui commençait à s'amuser, répondit d'une voix très douce :

– Que vous redoutiez quelque chose, miss Alardyse, cela saute aux yeux et c'est pourquoi j'aimerais que nous raisonnions avec logique. Le colonel Stenhurst – et j'ignore encore, au moment où je parle, les relations qui peuvent exister entre ce monsieur et vous – avait l'intention de me téléphoner pour me demander de faire quelque chose. M'a-t-il appelé? Je n'en sais rien. Cependant, vous saviez, vous, qu'il se proposait de le faire et vous vous êtes dit qu'il vous fallait venir me trouver pour *m'empêcher* de faire ce qu'il désire me voir faire.

Souriant aux anges, il ajouta.

– Savez-vous, miss Alardyse, que le colonel Stenhurst commence à m'intriguer bigrement?

Deux taches roses apparurent sur les joues de la jeune femme. Elle était furieuse.

– Je crois, continua Callaghan avec bonne humeur, que ce serait de ma part une excellente idée que de téléphoner au colonel pour lui demander *ce qu'il pense de tout ça. Après,* il me serait possible de discuter *votre* point de vue, en connaissance de cause cette fois.

Elle se leva.

– Monsieur Callaghan, cette conversation commence à m'ennuyer. J'ai pris soin de bien vous préciser dans quelles dispositions d'esprit je suis venue ici. Hier soir, au dîner le colonel Stenhurst – qui est mon beau-père et l'un des administrateurs de la succession de ma mère – m'a annoncé qu'il était possible qu'il eût recours aux services d'un détective privé pour me faire surveiller. C'est contre cette prétention que je m'élève. Je ne veux pas être espionnée et je ne tolérerai pas la présence d'un détective privé dans le voisinage de Dark Spinney, qui est ma propriété. Si, donc, vous aviez l'intention de suivre les instructions que le colonel pourrait vous avoir données en ce sens, je me verrais forcée de remettre la chose entre les mains de la police.

Callaghan approuva d'un mouvement de tête et secoua la cendre de sa cigarette dans un cendrier.

– La situation ne manquerait pas de piquant.

Dark Spinney était vraisemblablement située à la campagne, vous vous adresseriez à la police locale. Les gens jaseraient et nous arriverions à ceci, qui serait drôle : l'Agence Callaghan suivrait Miss Alardyse par monts et par vaux, non sans entraîner dans son sillage le policeman du village, vraisemblablement juché sur sa bicyclette. Est-ce cela que vous voulez? J'en doute et je crois qu'il faut que nous trouvions mieux. Ce n'est pas votre avis?

– Monsieur Callaghan, j'ai dit tout ce que j'avais à dire. Vous êtes prévenu.

Callaghan prit un air prévenu.

– Miss Alardyse, dit-il avec un gentil sourire, *je suis prévenu.* J'en suis glacé jusqu'aux moelles et il est vraiment *très* aimable à vous d'être venue me voir.

Elle alla vers la porte, qu'il lui ouvrit.

– Au revoir, miss Alardyse!

Elle le dévisagea avant de franchir le seuil. Elle avait des yeux admirables, mais son regard était dur et hostile.

– Au revoir, monsieur Callaghan!

Ils traversèrent côte à côte la grande antichambre, dans laquelle était installé le bureau d'Effie. Miss Alardyse sortie, Callaghan revint vers son cabinet. Assise devant sa machine à écrire, la secrétaire guettait son patron du coin de l'œil.

– Vous dites, Effie?

– Rien, monsieur Callaghan!

– Dès qu'il sera là, vous m'enverrez Nikolls.

Deux minutes plus tard, Nikolls pénétrait dans le bureau de Callaghan.

– Pardon! s'écria-t-il dès le seuil. Cette femme-là, c'est un spectacle de gala! Je l'ai croisée dans le couloir, en sortant de l'ascenseur. Elle ne marche pas, elle flotte dans l'air!... C'est une cliente?

– Pas encore! Mais elle peut le devenir...

La tête appuyée sur le dos de son fauteuil, les yeux au plafond, Callaghan ajouta :

– Windy, parle-moi de ce colonel Stenhurst qui a téléphoné hier soir!

– Qu'est-ce que tu veux que je te dise? D'après sa voix, il m'a eu l'air d'un vieux jeton et, pour une raison ou pour une autre, il était à cran. Il m'a dit qu'il avait absolument besoin de te parler, que c'était urgent et qu'il fallait que tu ailles le voir dans son bled.

– C'est tout?

– Pas tout à fait!... Il a parlé d'une lettre. Il a commencé une phrase : « J'ai reçu une lettre que... », mais il n'a pas été plus loin.

– Il est probable qu'il a reçu une lettre qui ne lui a pas plu...

– Sans doute! Alors, je me suis dit que c'était peut-être une affaire qui t'intéresserait... Seulement, comme je ne savais ni si tu reviendrais, ni si on te verrait aujourd'hui, je lui ai donné le numéro du Night Light en lui conseillant de t'appeler là-bas.

– Ce que je trouve curieux, remarqua Callaghan, c'est qu'il n'ait pas retéléphoné aujourd'hui!

– Peut-être qu'il s'est calmé!

– Peut-être... Appelle-le!

– Entendu!

Nikolls passa dans l'antichambre et Callaghan l'entendit demander l'inter. Au bout de quelques minutes, Nikolls reparut dans le bureau.

– J'ai son numéro, Alfriston 76421, mais Effie ne peut pas l'obtenir. Sa ligne est en dérangement.

– Fâcheux!

Callaghan se leva et poursuivit :

– Téléphone au garage et dis qu'on m'amène la voiture tout de suite. Ensuite, tu prendras le guide de l'Automobile-Club et tu m'établiras un bon itinéraire pour aller à Hangover, tu feras descendre ma valise, qui est prête à l'appartement, et tu diras à Effie de télégraphier au colonel Stenhurst pour lui annoncer que je serai chez lui ce soir.

– Compris! Tu vas mettre quelque chose en train?

– Pourquoi pas?

Abandonnant son assistant, Callaghan passa dans l'antichambre pour donner des ordres à sa secrétaire.

– Effie, lui dit-il, vous voulez noter?... Il s'agit d'une famille Stenhurst. Il est trop tard pour commencer des recherches aujourd'hui, mais la première chose que vous ferez demain matin, ce sera d'aller au Bureau central de l'Enregistrement, pour demander communication du testament d'une certaine dame Stenhurst. Le nom n'est pas courant, la pièce doit avoir moins de vingt ans et on devrait vous trouver ça facilement. L'héritière est une Miss Viola Alardyse.

– Bien, monsieur Callaghan!

– Je sais qu'il est défendu de prendre copie des testaments, mais vous vous arrangerez. Vous en demanderez cinq ou six et, pendant qu'on vous cherchera les autres, vous noterez en sténo les dernières volontés de Mme Stenhurst. Compris?

– Compris, monsieur Callaghan.

– Vous en aurez fini avec ça vers dix heures. Vous taperez le texte à la machine et vous le remettrez à Nikolls, qui louera une voiture pour venir me l'apporter. Vous avez un guide des hôtels?

Effie se leva pour prendre sur un rayon un livre qu'elle lui remit. L'ayant consulté, il dit :

– Vous préviendrez Nikolls que je l'attends demain à quatre heures, à l'hôtel des Deux-Frères, à Alfriston.

Vers cinq heures dix, Callaghan entrait au Night Light Club. L'établissement était vide, à l'exception d'un client solitaire, qui somnolait sur une banquette. Le détective s'approcha du bar. O'Shaughnessy le salua d'un bonsoir cordial.

– Vous nous arrivez tôt aujourd'hui!

– Ce qui semblerait prouver qu'hier soir, pour le whisky, j'avais tort...

Le barman sourit.

– Vous risquez le coup de nouveau?

– Tu as deviné!

Callaghan absorba son whisky et conclut :

– Tu avais raison, Pat! On ne peut rien reprocher à ce liquide.

Il tira son portefeuille de sa poche et remit deux livres à O'Shaughnessy, tout en l'invitant à garder la monnaie.

– J'ai un renseignement à te demander. Hier, juste avant ce coup de téléphone, une dame est venue s'asseoir sur le tabouret voisin du mien. Je ne l'ai pas regardée, mais elle était outrageusement parfumée. Qui était-ce?

– Vous ne posez pas des questions difficiles! C'est Miss La Vallière.

– La Vallière! Tu es sûr qu'elle s'appelle comme ça?

– C'est le nom qu'elle porte, mais c'est peut-être un pseudonyme.

– Où habite-t-elle?

– Elle a un appartement tout près d'ici, dans Mayfield Street. Je vais vous dire le numéro...

O'Shaughnessy fouilla dans les profondeurs du comptoir, amenant au jour le registre des membres du club. Il le consulta rapidement.

– Voici, dit-il. 14, Mayfield Street, téléphone, Regent 55443. Voulez-vous que je l'appelle?

– Non, merci!

Quelques instants plus tard, Callaghan arrêtait sa voiture devant le 14, Mayfield Street, une grande maison d'angle, entièrement louée en appartements meublés. Le tableau des locataires, affiché dans le hall, lui apprit que Miss La Vallière habitait au premier étage. Il monta l'escalier et, la porte trouvée, sonna. Comme il entendait qu'on lui répondît, il maintint son doigt sur le bouton. L'attente fut longue, mais finalement miss La Vallière elle-même vint ouvrir.

Elle avait l'air assez fatigué. Elle semblait s'être maquillée en hâte et n'avoir pas eu le temps d'enfiler ses bas.

– Qu'est-ce qui se passe? Il y a le feu?

– Je ne crois pas. Seulement, j'ai laissé mon doigt sur le bouton de sonnette parce que je suis pressé.

Miss La Vallière sourit.

– Sans blague? C'est parce que vous êtes pressé que vous carillonnez comme ça? Savez-vous ce que j'ai envie de vous dire?

– Gardez-le pour vous et entrons! J'ai à vous parler.

Elle allait répliquer. Il la prévint d'un geste de la main et dit avec un bon sourire :

– Si vous avez une once de bon sens, vous ne discuterez pas!

Elle regarda, marmonna quelques mots qu'il ne put saisir et, se résignant, l'introduisit dans un salon minuscule, où, d'un ton assez pointu, elle lui demanda « de quoi il s'agissait ».

– Si vous êtes pressé, expliquez-vous vivement et fichez le camp! J'ai à faire.

– J'en ai pour une seconde. Un renseignement et je me sauve. Hier soir, au Night Light Club, vous êtes venue vous asseoir à côté de moi. Vous vous souvenez?

Elle le toisa.

– Pourquoi m'en souviendrais-je?

– Je n'en sais rien, mais j'ai idée que ça va vous revenir. On m'a demandé au téléphone. Vous saviez qu'on allait m'appeler. Vous n'étiez au Night Light qu'à cause de cette communication, vous saviez qu'elle allait venir et vous êtes arrivée juste à temps. Je me suis retourné pour répondre au barman qui me prévenait. Vous en avez profité pour jeter quelque chose dans mon whisky, qui est devenu du coup une sorte de poison, gentiment conditionné, j'ai des raisons de vous le certifier. J'ai eu le temps d'aller à l'appareil et, là, je suis tombé dans les pommes. Total et conclusion : je n'ai pas pris la communication. Maintenant, allez-y, je vous écoute!

Elle ouvrait de grands yeux innocents.

– Qu'est-ce que vous voulez que je vous

dise? Je ne sais même pas de quoi vous parlez!

– Alors, je continue. Je m'appelle Callaghan et je suis détective privé. Je ne suis pas en trop mauvais termes avec la police et elle me connaît. Ou vous parlez ou je vous emmène à Sackville Street! Vous avez le choix.

– Vous débitez des âneries!

Le ton ne manquait pas d'assurance, mais une certaine inquiétude se lisait dans les yeux de la jolie fille.

– C'est possible, mais je les maintiens! Si vous persistez à rester muette, nous allons faire un tour à Sackville Street. Ça ne m'étonnerait pas que vous rencontriez là-bas des figures de connaissance... Des types, par exemple, qui seraient peut-être un peu surpris de découvrir que vous êtes devenue Miss La Vallière!

Elle soupira.

– J'ai encore fait l'imbécile! Je ne tombe jamais que sur des combines comme ça!

– Qu'est-ce que ça vous a rapporté?

– Cinq livres.

– Parlez et je vous en donne dix! Qui est-ce qui vous avait demandé ça?

Elle hésita un peu avant de répondre.

– Un type que je connais de vue, pour l'avoir souvent rencontré dans une boîte où je travaille quelquefois, un fortiche... Je ne sais rien de l'affaire, ni de ce qu'il y a derrière. Seulement, j'étais fauchée... et... enfin, quoi, vous savez ce que c'est!

Callaghan prit son portefeuille dans sa poche et en retira deux billets de cinq livres.

– Et comment s'appelle-t-il, le fortiche?

– Grellin.

– Il habite?

– Old Macclesfield Street, Grays Mansions, au 24. Si vous y allez, méfiez-vous! C'est un costaud et il est plutôt mauvais...

Après un silence, elle ajouta :

– Vous croyez qu'il ne serait pas possible que vous ne me mettiez pas dans le bain?

Callaghan lui glissa les deux billets dans la main et répondit :

– Ne vous faites donc pas de bile!

. . . .

Grays Mansions était un immeuble résolument insalubre. Il était cinq heures et demie, quand Callaghan sonna à une porte du troisième étage.

– Entre! lança une voix. C'est ouvert!

Callaghan obéit et pénétra dans une pièce à laquelle il eût été difficile de donner un nom. Le lit était de ces meubles qui se convertissent en divan quand la chambre à coucher devient studio. Pour l'instant, il était lit et recelait entre ses draps un individu d'allure peu engageante, avec ses cheveux noirs embroussaillés et sa barbe de quarante-huit heures. Ses vêtements jonchaient le parquet.

– Qu'est-ce que vous venez faire ici? demanda-t-il. Je croyais que c'était Struby...

– Eh bien, ce n'est pas lui! Je m'appelle Callaghan. Vous êtes bien Grellin?

– Oui, mais qu'est-ce que ça peut vous faire?

– J'ai idée qu'hier soir quelqu'un vous a téléphoné pour vous dire que j'allais au Night Light Club et vous demander de veiller à ce que je ne puisse pas recevoir un coup de fil qui devait m'être donné là-bas. Le quelqu'un en question avait besoin de gagner du temps. Vous avez alerté une amie à vous, Miss La Vallière, et vous connaissez la suite... Je voudrais savoir qui vous a demandé ce petit service et, si vous êtes au courant, pourquoi il vous le demandait?

Grellin appuyé sur un coude, répondit simplement :

– Vous ne croyez pas que vous feriez bien de vous tirer?

Callaghan traversa la pièce en trois enjambées, empoigna de la main gauche Grellin par le col, plutôt crasseux, de son pyjama, cependant que son coude droit entrait en contact brutal avec le visage du personnage. Le coup résonna comme un maillet frappant une bûche et la tête de Grellin retomba lourdement sur le traversin.

– Maintenant, parle! ordonna Callaghan. Sinon, je m'occupe de toi! Tu as justement une bobine qui ne me revient pas...

Grellin reprenait ses esprits. D'un mouchoir sale, il tamponnait ses lèvres qui saignaient, tout en éprouvant entre deux doigts la solidité d'une dent qui semblait avoir tendance à vouloir quitter sa mâchoire.

– Qu'est-ce que c'est que cette histoire-là? bougonna-t-il. On m'avait dit que c'était franc...

– On dit toujours ça! Ce coup de téléphone, d'où venait-il? Dépêche-toi si tu ne veux pas que je remette ça!

Jaillissant de son lit comme s'il avait été propulsé par une charge de dynamite, Grellin bondit en direction de Callaghan, lui délivrant en même temps un coup qui eût certainement mis fin à l'entretien si le détective ne l'avait évité par un rapide pas de côté. Callaghan esquiva de même le terrible swing qui suivit et riposta par un court crochet à l'estomac, qui arracha à son adversaire un drôle de petit hoquet. Il continua par un gauche à la mâchoire et un droite dans la région du cœur, terminant par un *jab* du gauche qui, écrasant la bouche de son adversaire, lui fit sauter la canine qui ne demandait qu'à s'en aller. Grellin s'écroula sur son lit avec un dernier grognement.

– Ça va! Je ne suis pas dans un jour de veine!

Callaghan déclara que c'était bien son impression

– Aussi, ajouta-t-il, ce que tu as de mieux à faire, c'est de parler!

Grellin, qui, à l'aide de son mouchoir, s'administrait quelques soins d'urgence assez rudimentaires, poussa un profond soupir, prononça entre ses dents quelques mots passablement grossiers, puis se résigna.

– Tout ce que je sais, c'est que le type qui m'a téléphoné est un poteau à moi. Il est premier garçon au Mardene Club, quelque part près de Brighton. Il m'a dit qu'il y avait vingt livres à gagner si vous ne receviez pas la communication. Alors, je me suis arrangé, je crois que vous savez comment...

– Ça n'a d'ailleurs pas d'importance! répondit Callaghan. Ce qui m'intéresse, c'est d'apprendre pourquoi on voulait m'empêcher de recevoir ce coup de téléphone et comment ton copain savait qu'il n'y en aurait pas d'autre...

Grellin étancha le sang qui coulait de ses lèvres et esquissa un geste d'ignorance.

– Ça, je l'ignore.

– Ton copain, comment s'appelle-t-il?

– Charlie Maysin. C'est un bon gars, qui m'a rendu service autrefois. C'est pour ça que j'ai marché...

– Tu as eu tort et je vais te donner un conseil : à l'avenir, occupe-toi de tes affaires et ne mets pas ton nez dans celles des autres!

. . . .

Quelque part, l'horloge d'une église sonna huit heures. Le son des cloches se prolongeait encore dans l'air calme du soir quand Callaghan arrêta sa voiture à quelque distance de la grande allée cavalière qui, entre deux haies de rhododendrons, menait à Dark Spinney. Il éteignit ses phares, alluma ses feux de position et s'en fut à pied vers la maison.

Callaghan gravit les marches du perron et sonna. Deux ou trois minutes passèrent, puis l'un des vantaux de la double porte s'ouvrit. Le détective s'avisa du premier coup d'œil que Sallins était le maître d'hôtel même qu'on devait trouver à Dark Spinney : un habit strict et bien brossé, une cravate impeccablement nouée, un visage fin, une chevelure blanche et clairsemée. Le détective se présenta et exprima le désir de voir le colonel Stenhurst.

– Je suis désolé, Monsieur, répondit Sallins, mais le colonel n'est pas à la maison.

– Pensez-vous qu'il rentrera bientôt?

Sallins consulta la grosse montre en or qu'il transportait dans son gousset et annonça :

– Il est un peu plus de huit heures, Monsieur. Le dîner est servi à neuf et le colonel changera de vêtements avant de se mettre à table. Monsieur l'attendra-t-il où préfère-t-il revenir?

– Je reviendrai.

Callaghan s'apprêtait à tourner les talons quand quelqu'un apparut derrière le maître d'hôtel. C'était Miss Wymering.

– Qu'est-ce que c'est? demanda-t-elle.

Sallins se retourna pour lui répondre :

– Madame, c'est M. Callaghan, directeur de l'Agence Callaghan, qui désirerait voir le colonel. Je lui ai dit qu'il ne serait sans doute pas de retour avant huit heures et demie.

– C'est, en effet, très probable!

S'adressant à Callaghan, elle ajouta :

– Entrez donc, monsieur Callaghan, je vous en prie! Mon beau-frère ne tardera pas et, dans l'intervalle, je serais très heureuse de vous parler. Je suis Miss Wymering.

Callaghan ne demandait qu'à obéir. Sallins s'effaça pour le laisser passer et, guidé par Miss Wymering qui lui montrait le chemin, le détective suivit un petit couloir qui s'ouvrait sur la gauche du hall pour pénétrer, derrière elle, dans une pièce assez sévère avec ses murs lambrissés de chêne.

– Monsieur Callaghan, je suis ravie de pouvoir m'entretenir avec vous avant votre conversation avec le colonel. Asseyez-vous, je vous en prie!

Callaghan sourit à Miss Wymering et déclara :

– Je crois qu'il y a quelque chose qui vous cause beaucoup de souci... et je crois aussi qu'à votre place je ne me tourmenterais pas.

– Monsieur Callaghan, je serai brève, car mon beau-frère peut revenir d'un instant à l'autre. C'est un homme qui a plutôt mauvais caractère. J'estime que ce n'est pas une raison suffisante pour prendre les choses au tragique et créer des situations qu'on pourrait regretter par la suite.

– Ce serait dommage, en effet! Comptez, Miss Wymering, que j'agirai avec tact.

– Je suis heureuse de vous l'entendre dire, et je vous explique la situation. Ma sœur, qui avait épousé le colonel Stenhurst en secondes noces, est morte en laissant trois filles qui sont ici et s'appellent Viola, Corinne et Patricia. Son testament a placé le colonel dans une position assez curieuse. Il est l'un des exécuteurs testamentaires de sa femme, les deux autres étant un avoué et moi-même, cependant que Viola se trouve être la légataire universelle de sa mère et la propriétaire du domaine. Il semble que le colonel, sans que je sache où il a été la pêcher, s'est fourré dans la tête l'idée que Viola et Corinne sont entrées en relation avec un personnage douteux, qui résiderait à Brighton. La chose lui déplaît, il le leur a dit hier soir, au dîner, et la scène a été fort désagréable.

– Miss Viola et Miss Corinne ont réagi?

– Oui... et ça se comprend! Viola a près de trente ans, Corinne en a vingt-huit, le temps a marché et les filles d'aujourd'hui ne ressemblent plus guère à celles qu'a pu connaître mon beau-frère quand il était jeune. Elles estiment qu'il est intolérable qu'il prétende se mêler de leurs affaires... et je trouve ça très naturel de leur part.

– Il y a eu dispute?

– Oui. Nous en avions déjà eu deux ou trois, en ces derniers temps, et je vous avouerai, monsieur Callaghan, que, moi, j'ai horreur de ça! La situation est d'autant plus délicate que le colonel n'a pour vivre que sa pension, à laquelle viennent s'ajouter les deux cent cinquante livres qui lui sont versées chaque année, conformément aux dispositions testamentaires de ma sœur. Avec les énormes impôts actuels, c'est peu. Aussi Viola lui consent-elle un supplément annuel d'un millier de livres, ce qui complique fortement les choses.

– Je le crois sans peine. En somme, si Alardyse se fâche, elle peut retrancher mille livres aux revenus annuels du colonel?

– Exactement.

– A-t-elle menacé de le faire?

– Non.

Callaghan écrasa sa cigarette, presque achevée, dans un cendrier.

– Si j'ai bien compris, Miss Patricia, elle, n'a rien à voir dans l'affaire?

– A vrai dire, non! Elle n'a que dix-sept ans, n'est-ce pas?... Seulement, c'est une jeune personne assez particulière. Elle a le goût du théâtre, elle va beaucoup au cinéma... et elle aime les situations dramatiques.

– Ce qui laisserait supposer que ce qui se passe ici ne lui déplaît pas et qu'une belle dispute, autour de la table familiale, l'amuserait plutôt!

– Mon Dieu... oui! Elle a assez tendance à tout transformer en pièces de théâtre, dont elle est régulièrement l'héroïne. En fait, toute cette histoire ne la concerne pas.

– Pouvez-vous me parler de Viola et de Corinne?

– Viola est une fille charmante et je vous cacherai pas que c'est ma préférée. Tout le monde l'aime. Elle est peut-être un peu trop posée, un peu bizarre parfois, ce qui m'a souvent amenée à me demander si elle n'aurait pas quelques soucis, mais je crois que c'est son tempérament qui est comme ça.

– Et Corinne?

– Corinne, c'est un tout autre genre! Une fille qui peut, quand il lui en prend fantaisie, être très difficile. Il y a des gens qui la trouvent... comment dire?... un peu frivole, mais sa conduite me paraît, à moi, parfaitement normale.

– De cette histoire de Brighton, miss Wymering, vous ne pouvez rien me dire?

– Non, car le colonel n'a pas précisé de quoi il s'agissait. Il a l'air de savoir *quelque chose.* Mais ce que c'est, je l'ignore.

– Je vois...

Après un silence, Callaghan reprit :

– Il y a, miss Wymering, quelque chose qui me semble assez extraordinaire. Hier soir, le colonel – je crois pouvoir assurer que c'est bien lui – a téléphoné à mon bureau. Il a dit à mon assistant qu'il avait absolument besoin de me parler et qu'il désirait me voir ici le plus tôt possible. Il a également fait allusion à une lettre qu'il avait reçue. Mon collaborateur lui a donné un numéro, où il lui serait possible de m'appeler un peu plus tard dans la soirée. J'ai lieu de penser que c'est bien ce qu'a fait le colonel. Malheureusement je n'ai pas pu prendre la communication. Ce qui me surprend, c'est que, n'ayant pu me toucher hier, il n'ait pas aujourd'hui essayé de me joindre?

– Je vous dirais bien qu'il s'est peut-être ravisé, mais cela s'explique sans doute autrement. Nous avons eu des ennuis avec le téléphone. On est venu le réparer cet après-midi.

– Miss Wymering, demanda-t-il, qu'attendez-vous de moi, exactement?

– J'imagine, monsieur Callaghan, que vous accepterez la mission dont le colonel désire vous charger, ce qui va être terriblement désagréable à Viola. Hier soir, il annonçait son intention de faire surveiller les petites, ce qui leur a semblé, à toutes deux, intolérable. J'ai pensé que, si je vous exposais la situation, vous pourriez peut-être faire dans ses propos la part de l'exagération. Je ne vous demande *pas* de ne tenir aucun compte de ce qu'il vous dira, je vous prie seulement de ne pas le prendre *trop* au sérieux.

Callaghan sourit. La vieille dame lui paraissait décidément très sympathique.

– Je vous remercie, miss Wymering, de ce que vous avez bien voulu me confier et j'aimerais vous revoir, lorsque je me serai entretenu avec le colonel. Quand je saurai ce qu'il avait à me dire, peut-être pourrions-nous, vous et moi, avoir une nouvelle conversation?

– C'est une excellente idée, mais peut-être ne faudrait-il pas nous rencontrer ici. S'il savait que je vous parle derrière son dos, il serait furieux!

– Je suis descendu à l'hôtel des Deux-Frères, à Alfriston. Si vous pouviez venir jusque-là...

– Ce sera parfait!

Callaghan regarda l'heure à sa montre.

– Il est huit heures un quart. Ce que je pourrais faire, ce serait téléphoner au colonel après le dîner, vers neuf heures et demie, en lui précisant que je viens d'arriver par la route.

– Très bien, monsieur Callaghan. Je vous suis profondément reconnaissante et je suis sûre, maintenant, que tout se passera le mieux du monde.

Il prit la main qu'elle lui tendait. Avec un peu de surprise, il remarqua qu'elle tremblait.

– Votre voiture, demanda-t-elle, vous l'avez laissée dans l'allée?

– Non. Elle est sur la route qui longe le mur de la propriété, à une centaine de mètres environ de la grille d'entrée.

– Si vous ne voulez pas rencontrer le colonel en vous retirant, il serait peut-être bon que vous partiez par le chemin que je vais vous indiquer.

Ils étaient dans le hall. La grande horloge rustique marquait huit heures vingt.

– Vous allez prendre ce petit couloir, poursuivit miss Wymering, vous suivrez le sentier qui traverse la pelouse, vous arriverez à une petite porte verte encastrée dans le mur. Sortez par là, vous serez à quelques mètres de votre voiture.

Dehors, l'air était vif, la nuit froide, mais belle. Sous la clarté de la lune, Callaghan entrevoyait au loin le jardin floral auquel conduisait le long sentier qu'il suivait.

Il arriva à la petite porte verte. Il allait mettre la main sur le loquet quand, dans son dos, il entendit des pas. Il tourna la tête à demi et, regardant par-dessus son épaule, aperçut Sallins qui, courant dans la mesure où ses vieilles jambes le lui permettaient, venait vers lui en toute hâte par un sentier qui rejoignait non loin de là celui qu'il avait lui-même suivi.

– Que se passe-t-il?

Sallins s'était arrêté à deux pas de lui. Des mouvements spasmodiques agitaient ses lèvres de façon grotesque, mais aucun son ne sortait de sa bouche.

– Calmez-vous! reprit Callaghan sans trop de douceur. Qu'est-ce qu'il s'est passé?

Le maître d'hôtel retrouva sa voix.

– Après votre arrivée, Monsieur, je me suis aperçu que le chapeau du colonel, un feutre brun qu'il porte toujours, était accroché à la patère. Je me suis demandé où était le colonel et, pensant qu'il était quelque part dans la propriété, je me suis mis à sa recherche pour lui dire que vous étiez là. Il y a par là un petit pavillon, que nous appelons la pagode, on n'a jamais su pourquoi. C'est là-bas que je l'ai trouvé, étendu par terre, mort.

– Mort de quoi?

– J'ai l'impression qu'il s'est tué. Il y a un pistolet à côté de lui. Ce n'est pas un joli spectacle.

– Ce ne l'est jamais. Comment vous appelez-vous?

– Sallins, Monsieur. Je suis dans la maison depuis ma jeunesse.

– Ce que vous avez de mieux à faire pour le moment, Sallins, c'est de reprendre votre souffle et de vous remettre un peu. Dans un instant, quand vous vous sentirez mieux, vous téléphonerez au poste de police le plus proche. Où se trouve-t-il?

– A Alfriston, Monsieur.

– Parfait! Vous expliquerez ce qui s'est passé

et il ne nous restera plus qu'à attendre. Vous êtes bien sûr que le colonel *est* mort?

– Je le crois, Monsieur.

– Je vais aller m'en assurer. Pour vous, Sallins, restez ici pendant deux ou trois minutes, puis rentrez et appelez la police!

Callaghan, suivant le sentier par lequel Sallins était venu vers lui, arriva bientôt à un petit bois. Peu après, il apercevait, sur sa gauche, une sorte de clairière au milieu de laquelle s'élevait un pavillon d'été, dont l'architecture évoquait très vaguement celle d'une pagode. Callaghan poussa la porte et entra.

Il se trouvait dans une pièce ronde, sommairement meublée d'une table et de quelques chaises de jardin. Le colonel gisait sur le plancher. Il était allongé sur le côté gauche, le bras droit tendu, la main ouverte. L'arme dont Sallins avait parlé était par terre, à un mètre cinquante de lui environ. Callaghan lui accorda un regard, jugea que ce devait être un pistolet automatique R.I.C. de 7 mm, du modèle en usage dans la police, puis se baissa pour examiner le corps. Le maître d'hôtel avait raison : le colonel n'était pas beau à voir. Tout un côté du visage avait disparu. La mort semblait avoir donné à l'autre une espèce de sérénité.

Callaghan soupira et, se relevant, aperçut sous le cadavre comme une tache blanche qui l'intrigua. Il alluma son briquet et se baissa de nouveau : c'était un petit mouchoir de dentelle, qu'il ramassa. Il était marqué dans un coin de deux initiales : V.A.

Callaghan appliqua le dos de sa main sur la joue demeurée intacte. Le colonel ne devait pas être mort depuis très longtemps.

Il prit dans la poche du veston du mort un mouchoir dont il s'enveloppa la main droite pour ramasser le pistolet qu'il essuya avec soin. Après quoi, tenant l'arme par le canon, ses doigts toujours protégés par le mouchoir, il prit dans la sienne la main gauche du colonel, dont il força les doigts à se refermer sur la crosse. Après avoir déposé le pistolet à cinquante ou soixante centimètres du corps, il plaça le mouchoir dans la main droite du colonel. Puis il sortit, ramenant doucement la porte sur lui.

Dehors, il alluma une cigarette avant de reprendre le sentier par lequel il était venu. Il se disait que la vie était parfois bien étrange. On faisait des choses sans trop savoir pourquoi on les faisait. Du moins, *en affectant de croire* qu'on ne le savait pas.

Il arrivait à la petite porte verte. Il ouvrit... et resta là, immobile et souriant : il avait devant lui Viola Alardyse. Un peu plus loin, sur la route, il apercevait le feu rouge de sa voiture. Il s'effaça pour laisser passer la jeune femme et dit :

– Bonsoir, miss Alardyse.

Elle posa sur le détective un regard tranquille et assuré, puis, d'une voix calme, mais sèche, répondit :

– Quand je vous ai vu cet après-midi, monsieur Callaghan, je vous ai donné un excellent conseil. Je regrette pronfondément que vous n'ayez pas eu la sagesse d'en tenir compte.

– Miss Alardyse, je ne prends jamais conseil de personne. Je préfère commettre mes erreurs tout seul.

– Je me moque, monsieur Callaghan, de vos préférences, mais j'insiste pour que vous alliez faire vos erreurs ailleurs, et non point chez moi! Si je vous y retrouve, je vous ferai jeter dehors! Vous m'avez compris?

– Parfaitement! Mais ce que je me demande, c'est qui m'expulsera? Sera-ce cet excellent Sallins ou Miss Wylmering? Ou bien, assistée de vos sœurs, vous chargerez-vous vous-même de l'opération?

Franchissant la porte, elle passa devant lui.

– J'espère, reprit-elle, que vous ne m'obligerez pas à recourir aux mesures violentes auxquelles je viens de faire allusion. De toute façon, je vais donner les ordres nécessaires pour que vous ne puissiez plus pénétrer ni dans la maison, ni dans la propriété. Je ne vous aime pas, monsieur Callaghan.

Il hocha la tête.

– Je vous comprends très bien. Seulement, vous ne savez pas ce que vous perdez!

– Je n'ai rien à vous dire et je ne veux pas entendre parler de vous. C'est clair?

– Très clair!

Après un silence, il continua :

– Il en ira comme vous voudrez et vous ferez *ce qu'il vous plaira.* Pourtant, ce soir, en vous couchant, j'aimerais que vous passiez quelques minutes à réfléchir à ce que je vais vous dire. Hier soir, le colonel Stenhurst a téléphoné d'ici à mon bureau. Je ne m'y trouvais pas. On lui a conseillé de m'appeler ailleurs, une demi-heure plus tard, à un numéro qu'on lui a donné. C'est ce qu'il a fait. Seulement, je n'ai pu prendre sa communication : quelqu'un qui savait qu'elle allait venir m'avait administré une drogue et j'ai tourné de l'œil dans la cabine téléphonique. Ce qui m'autorise à dire que quelqu'un, ici, a entendu le colonel téléphoner à mon bureau et a fait ce qu'il fallait pour que je ne pusse recevoir sa seconde communication.

Callaghan jeta son mégot sur le sol, l'écrasa du talon et poursuivit :

– Ce quelqu'un savait que le colonel essaierait vraisemblablement de me téléphoner de nouveau aujourd'hui. Résolu à l'empêcher d'entrer en rapport avec moi, ce quelqu'un a coupé le fil du téléphone ici-même. Il lui fallait gagner du temps. Pourquoi? Réponse : pour prendre des dispositions qui, celles-là, mettraient le colonel, une fois pour toutes, dans l'impossibilité absolue et définitive de me dire certaines choses qu'on ne veut pas que je sache. Je vous rappelle, enfin, que, cet après-midi, vous êtes venue à mon bureau pour m'informer que, si je m'entêtais à voir le colonel et si je me permettais de venir ici mettre le nez dans des affaires qui ne me regardent pas, vous n'auriez rien de plus pressé que d'alerter la police.

Callaghan marqua une pause et conclut :

– C'est à tout cela, miss Alardyse, que je vous invite à penser ce soir. Ensuite, demandez-vous si vous êtes toujours résolue à appeler la police! Si vous n'avez pas changé d'avis... mon Dieu, n'hésitez pas!... Seulement, je suis bien sûr que vous n'en ferez rien et que, tôt ou tard, vous découvrirez que c'est *avec moi* que vous voudriez avoir une petite conversation. Et, si vous êtes aussi intelligente que je le crois, vous vous arrangerez pour que ce soit « plus tôt », et non « plus tard »!

Il gagna la route et, se retournant, salua la jeune femme d'un grand coup de chapeau. Immobile, elle le regarda aller vers sa voiture, qui bientôt démarrait. Callaghan, au même moment, entendit la petite porte verte qui se fermait avec violence.

Il se mit à siffloter joyeusement...

CHAPITRE III

Callaghan traversa sans se presser la place où venait aboutir la Grande-Rue d'Alfriston. Le détective gagna l'hôtel des Deux-Frères, monta au premier étage et la sonnerie du téléphone retentit dans sa chambre. Miss Wymering était à l'appareil.

– Monsieur Callaghan, vous avez dit qu'il ne serait pas mauvais que nous parlions. Etes-vous toujours de cet avis? Je l'espère, car je suis très, *très* ennuyée...

– Je veux bien le croire. Où êtes-vous en ce moment?

– Dans la cabine de la Grande-Rue. Pourrais-je vous voir maintenant?

– Pourquoi pas? Entrez par la porte de côté, montez directement au premier étage, vous ne pouvez pas vous tromper...

Callaghan gagna le petit salon attenant et se mit à marcher de long en large à travers la pièce.

Quand Miss Wymering entra, Callaghan remarqua qu'elle avait dû être très belle et elle était encore très bien, avec un regard dont la douceur vous touchait. Le détective fit asseoir sa visiteuse et tout de suite lui dit :

– Pour commencer, racontez-moi ce qui vous ennuie tant!

– Ce qui me tracasse, monsieur Callaghan, c'est ceci : dans quelle mesure doit-on tout confier aux gens de la police?

– Ils vous ont posé des questions auxquelles vous préféreriez ne pas répondre?

– Ce n'est *pas tout à fait* cela! Hier soir, quand ils sont arrivés, ils ont été charmants. Ils avaient amené avec eux un médecin légiste, ils sont restés un temps infini dans la pagode pour examiner le corps et, s'ils ont posé beaucoup de questions, elles semblaient toutes avoir le même objet.

– Ils désiraient savoir, j'imagine, s'il y avait quelqu'un avec qui le colonel s'entendait particulièrement mal?

Miss Wymering fit de la tête un signe d'acquiescement.

– Et, naturellement, ils ont demandé s'il s'était querellé avec quelqu'un en ces derniers temps et si quelqu'un avait des raisons de souhaiter sa mort?

– C'est à peu près cela.

– Et que leur avez-vous répondu?

– C'est un inspecteur qui m'a interrogée, un homme qui venait de Brighton, paraît-il. Il s'est montré très aimable, je dois le reconnaître. Il voulait savoir si le colonel avait des ennemis et s'il s'était disputé récemment avec quelqu'un. Je lui ai déclaré que mon beau-frère avait un caractère très difficile, qu'il était irascible et se mettait en colère au moindre prétexte.

– Il n'a pas insisté là-dessus?

– Si. Il m'a interrogée sur les gens de la maison. Il a paru assez satisfait d'apprendre qu'ils étaient avec nous depuis de nombreuses années. Nous en étions là quand le médecin légiste, qui avait terminé, est revenu. L'inspecteur est parti avec lui, après m'avoir annoncé que nous le reverrions aujourd'hui, à moins qu'il ne soit remplacé par un de ses collègues. Le corps a été enlevé ce matin.

Callaghan empoigna une chaise, sur laquelle il s'assit à califourchon.

– Miss Wymering, je crois comprendre qu'une chose vous préoccupe : la dispute qui s'est élevée, l'autre soir à table, entre le colonel et vos nièces. C'est exact?

– Oui, mais sans que je songe vraiment à établir un rapport entre cette petite querelle et la mort de mon beau-frère. Après tout, elle n'avait pas tellement d'importance! Il s'agissait de Patricia, qui, pour descendre à table, avait mis une robe appartenant à Corinne. Sa sœur avant le repas, lui avait dit d'aller la retirer, elle n'en avait rien fait et, pendant le dîner, la discussion a repris entre elles, toutes deux s'exprimant dans un argot inadmissible. C'est comme ça que la discussion a commencé.

– Bien! Maintenant, miss Wymering, venons-en aux choses sérieuses! Nous aurions la même arrière-pensée, vous et moi, que cela ne me surprendrait nullement... Avez-vous vu Miss Alardyse, hier soir, quand elle est rentrée à la maison?

– Oui. Elle est venue me trouver directement.

– Et alors?

– Elle était furieuse. Elle vous avait rencontré dans le jardin et votre présence ici l'avait mise hors d'elle. Elle me parla en termes très violents du colonel et, vous me pardonnerez de le dire, de vous-même.

– A ce moment-là, elle ne savait pas encore que le colonel était mort?

– Non. Elle était terriblement en colère et je n'ai pas eu la possibilité de l'informer tout de suite. Je l'ai mise au courant dès qu'elle a bien voulu me le permettre et la nouvelle lui a donné un coup. Aprés, je l'ai trouvée *très abattue.*

– C'était assez normal. Elle s'était disputée avec son beau-père et il disparaissait sans qu'elle eût eu le temps de faire la paix avec lui. J'interprète bien votre pensée?

– Oui.

– Ensuite?

– Ensuite, nous avons dîné. Le repas a été pénible. Personne ne parlait. Aucune d'entre nous, j'en ai peur, n'aimait beaucoup le colonel, mais nous avions l'habitude de le voir au haut bout de la table et son absence nous semblait étrange. L'impression était très désagréable.

– Je le crois sans peine. C'est après le dîner que l'inspecteur de police est venu vous parler?

– Oui.

– Et vous êtes la seule personne à qui il ait posé des questions?

– Oui. Il m'a semblé qu'il se proposait d'interroger les autres aujourd'hui.

– Miss Wymering, je crois que vous avez été très heureusement inspirée de ne pas lui souffler mot de la petite querelle qui avait eu lieu, la veille, au dîner.

Elle le regarda, inquiète.

– Vous ne pensez pas, monsieur Callaghan, que...

– Je ne pense rien, miss Wymering. J'estime seulement que c'est là un incident que *nous devons* oublier!

– Maintenant que mon beau-frère n'est plus, je me sens plus que jamais responsables des petites et j'en viens à me demander si les accusations du colonel n'étaient pas fondées et s'il n'avait pas ses raisons de qualifier sévèrement ces gens que Viola et Corinne fréquenteraient à Brighton.

– En somme, miss Wymering, vous me demandez, *vous*, d'entreprendre les recherches mêmes que le colonel voulait sans doute me confier, pour des raisons qui ne ressemblaient pas aux vôtres, puisque vous n'êtes, vous, poussée que par l'affection que vous portez à vos nièces. Eh bien, c'est entendu! Je ferai de mon mieux.

Elle se leva.

– Vous êtes vraiment très gentil, monsieur Callaghan! J'ai pleine confiance en vous et je suis heureuse que vous soyez ici. Seulement, je ne sais trop comment vous serez payé...

– Ne vous tracassez pas pour ça! Si j'ai besoin de vous parler, je vous ferai signe. De votre côté, si vous appreniez quelque chose que j'aurais intérêt à savoir, vous pourrez toujours me joindre ici. Si je n'étais pas là, vous trouveriez M. Nikolls. C'est mon assistant, un Canadien et un charmant garçon, à qui vous pouvez tout raconter. Je l'attends d'un instant à l'autre.

Miss Wymering tendit la main au détective.

– Au revoir, monsieur Callaghan, et encore merci! Je ne suis pas riche, mais...

Callaghan ne la laissa pas continuer.

– Vous n'êtes pas riche, dit-il avec bonne humeur, et nous ne pouvons décemment pas demander à Viola de payer pour avoir le plaisir de voir l'Agence Callaghan enquêter sur ses faits et gestes. Ne nous en faisons pas pour ça! On verra bien!

Miss Wymering partie, Callaghan s'installa dans un fauteuil pour fumer des cigarettes, tout en réfléchissant. Il n'était pas très sûr qu'elle lui eût dit toute la vérité. Il lui semblait que ses deux nièces devaient lui donner un peu plus d'inquiétudes qu'elle ne voulait l'admettre.

Il en était là de ses réflexions quand Nikolls entra dans la pièce.

– Alors? tu l'as, ce testament?

– Tu penses!... Tiens, le voilà!

Callaghan prit le document et alla le lire près de la fenêtre.

Je, soussignée, Viola Corinne Patricia Stenhurst, de Dark Spinney, Hangover, comté de Sussex, déclare que ceci est mon testament.

Je révoque par les présentes toutes mes dispositions testamentaires antérieures.

Je désigne mon époux Gervase Stenhurst, ma sœur Honoria Jean Wymering et mon avoué, John Galashiels, comme mes exécuteurs testamentaires et lègue à chacun d'eux, aussi longtemps que se prolongera leur mission, une rente annuelle de deux cent cinquante livres, qui s'augmentera éventuellement des sommes qu'ils pourraient avoir à recevoir conformément aux dispositions ci-dessous.

Au cours de mon existence, j'ai remarqué que la possession de revenus importants peut compromettre le bonheur d'une femme, un certain type d'homme risquant d'être attiré vers elle par son seul argent et de lui proposer le mariage, uniquement pour partager sa fortune et mener, grâce à elle, une vie de paresse et d'oisiveté. Fermement résolue à ce que mes filles n'aient point à souffrir de pareilles entreprises, je décide que mes exécuteurs testamentaires devront veiller à ce qu'il soit disposé de mes biens de la manière suivante :

Après paiement de mes dettes et des autres sommes exigibles à mon décès, mes exécuteurs testamentaires investiront le surplus de mes biens en valeurs sur le revenu desquelles seront prélevées, chaque année, la rente allouée à chacun d'eux, ainsi qu'il est spécifié plus haut, ainsi qu'une rente de trois cent cinquante livres à chacune de mes trois filles, Viola, Corinne et Patricia.

Pour le reste dudit revenu, je décide qu'il reviendra à ma fille aînée, Viola, à condition qu'elle ne soit pas mariée au jour de mon décès, et qu'il continuera à lui être acquis aussi longtemps qu'elle ne sera pas mariée.

Si ma fille Viola était mariée au jour de ma mort, si elle venait à se marier par la suite, ce revenu passerait à ma fille Corinne, à condition qu'elle ne soit pas mariée. Si elle l'était ou venait à l'être par la suite, il reviendrait à ma troisième fille, Patricia, sous les mêmes conditions. Si aucune de mes filles ne se trouvait dans les conditions requises pour bénéficier des dispositions ci-dessus, mes biens, capital et revenus, seraient distribués par les soins de mes exécuteurs testamentaires entre telles fondations charitables qu'il leur plairait de désigner.

Je précise que les rentes allouées à mes exécuteurs testamentaires pourront être augmentées, soit en faveur de chacun d'eux, soit en faveur d'un seul d'entre eux, par des sommes prélevées sur le reste du revenu, et cela en vertu d'une décision qui sera prise éventuellement par celle de mes filles à laquelle il sera versé à l'époque.

Par les dispositions qui précèdent, j'essaie de faire en sorte que les hommes qui voudront épouser mes filles sachent que c'est à eux qu'il appartiendra d'assurer leur existence. Je n'ignore pas que ces stipulations pourraient être attaquées comme contraires à l'ordre public puisqu'elles apportent des restrictions au droit que mes filles peuvent avoir de se marier. Aussi, comme j'entends que ce testament ne soit pas contesté devant les tribunaux, ai-je décidé que, si l'un des bénéficiaires de ce testament s'avisait d'en contester la légalité en justice, il ne saurait en aucun cas bénéficier des dispositions ci-dessus énoncées.

Dans le cas où l'un de mes exécuteurs testamentaires viendrait à mourir ou à cesser ses fonctions, il serait pourvu à son remplacement par les deux autres qui choisiraient d'un commun accord la personne appelée à lui succéder.

Fait à Hangover, le 12 janvier 1943.

Viola Corinne Patricia STENHURST.

Signé par Viola Corinne Patricia Stenhurst en notre présence et à nous présenté comme étant son testament, contenant ses dernières volontés, ce document a été ensuite signé par nous, en sa présence et sur sa demande, en qualité de témoins :

George Ernest SALLINS,
Dark Spinney,
Hangover, Sussex.
Maître d'hôtel.

Augusta Polly STOKES,
Dark Spinney,
Hangover, Sussex.
Cuisinière.

Callaghan plia les feuillets, les mit dans sa poche et revint vers Nikolls :

– Ce testament, tu l'as lu?

– Naturellement.

– Qu'est-ce que tu en penses?

– J'ai idée que la défunte ne devait pas déborder d'amour pour le colonel. Si elle avait été heureuse avec lui, elle n'aurait pas eu peur que des gars s'amènent qui épouseraient ses filles pour leur argent. Quand elles ont des idées comme ça dans la tête, les femmes deviennent bizarres. Elle pensait sûrement qu'il ne l'avait épousée que pour son fric.

– Ça ne me paraît pas trop mal raisonné.

– C'est pour ça qu'elle ne lui a laissé que deux cent cinquante livres par an. J'imagine qu'il a dû faire une drôle de tête et ça ne m'étonne pas que ça lui ait aigri le caractère. Il avait bien une rallonge, mais il la devait à l'héritière et j'imagine que, ça encore, ça ne devait lui plaire qu'à moitié. A part ça, *je sais* une chose qui va t'épater!

– Ah! oui?

– Devine qui j'ai aperçu en venant, bien tranquillement assis sur la place, à l'ombre d'un arbre, en train de fumer sa petite pipe d'un air innocent?

– Je n'en ai pas envie.

– Notre excellent ami, l'inspecteur-chef Gringall. C'est une surprise.

– Non. La surprise a été pour notre client : il en est mort.

– C'est sans doute ce qui explique la présence de Gringall. La police locale l'aura prévenu. Il n'a pas mis longtemps pour venir...

– En tout cas, c'est une nouvelle pleine d'intérêt. Elle semble indiquer que la police d'ici n'a pas trouvé l'affaire de son goût, et le C.I.D. de Brighton non plus, ce qui laisserait penser que ces messieurs ne sont pas tellement sûrs qu'il s'agit d'un suicide, ce pourquoi ils ont fait appel au Yard, et sans perdre de temps.

– Pour moi, Gringall voùdrait te voir que ça ne m'étonnerait pas!

– Moi non plus! Mon petit Windy, la dame avait désigné trois exécuteurs testamentaires : le colonel, qui n'est plus de ce monde, Miss Wymering, que je connais, et John Galashiels, un avoué dont je ne sais rien. Tu serais gentil de te renseigner sur son compte, car je pourrais avoir à lui parler.

– Entendu!... Dans le pays, les gens sont au courant?

– Ça n'en a pas l'air! J'ai l'impression que l'inspecteur de Brighton, qui est venu hier, a recommandé aux hôtes de Dark Spinney de ne pas ébruiter l'affaire. Mais la nouvelle ne tardera pas à se répandre et, alors, les langues vont marcher...

– Et ce sera le moment de tendre l'oreille.

– En attendant, tu pourrais grimper dans la voiture qui t'a apporté et aller faire un petit tour à Brighton, histoire de voir si tu ne trouverais pas dans le secteur un Mardene Club, où travaillerait un garçon du nom de Charlie Maysin. Tu te documenterais sur la boîte et sur le bonhomme. Ce serait plutôt pressé!

– Compris! On y va. A bientôt!

. . . .

Quand l'inspecteur-chef Gringall entra dans le bar de l'hôtel des Deux-Frères, Callaghan était assis dans un coin, devant un whisky. Callaghan regarda Gringall s'approcher du bar, passer sa commande et bourrer sans hâte sa courte pipe de bruyère.

George Henry Gringall approchait de la cinquantaine. Il avait l'air de ce que l'on voulait, excepté d'un officier de police. On ne le remarquait pas, il était calme, modeste, de commerce agréable. Il était, en fait, un parfait spécimen du policier de carrière.

Gringall, son whisky servi, prit son verre et vint s'asseoir auprès de Callaghan.

– Bonjour, Slim! Je suis bien content de vous voir ici!

– Je suis moi-même bien content d'y être! Comment allez-vous? Il y a une éternité qu'on ne s'est vu!

– C'est pourtant vrai!

Un silence suivit.

– Slim, reprit Gringall, je ne prétendrai pas que je m'imagine que vous êtes ici pour votre santé. Je sais que vous avez rendu visite à Dark Spinney, ce qui m'autorise à penser que vous aviez – ou que vous avez – un client dans la famille. Je crois que, de votre côté, vous savez ce qui m'amène ici?

– Je suppose que la police du Sussex s'est dit que vous lui rendriez service en vous occupant du suicide du colonel Stenhurst.

Gringall manifesta son étonnement d'un haussement de sourcils.

– Le suicide?... Je n'avais pas pensé à ça!

Une lueur de malice s'alluma dans les yeux de Callaghan.

– J'ai dit ça sans réfléchir...

– C'est assez curieux, mon cher Slim, car vous ne dites généralement que ce que vous voulez dire. Et puis, ça n'a guère d'importance puisque votre client est mort...

– Tiens! Voilà du nouveau!

– Allez-vous me dire qu'il n'est pas mort?

Callaghan but une gorgée de whisky avant de répondre.

– Il ne me semble pas vous avoir dit qui était mon client, ni même que j'avais un client!... Vous n'avez pas l'impression, Gringall, que nous sommes hors du sujet?

– Soit! Parlons franchement! Pour moi, voici comment les choses se présentent. Avant-hier soir, le dîner, à Dark Spinney, a manqué de charmes. Je crois savoir que le colonel Stenhurst avait à se plaindre de ses belles filles – de deux d'entre elles, du moins, Miss Viola et Miss Corinne Alardyse – et qu'il leur a parlé très vertement.

– Je me demande d'où vous tenez ça!

– Il m'a suffi d'interroger les domestiques. Il semble que le colonel était décidé à recourir aux services d'un détective privé. Il y avait quelque chose qui n'allait pas et il entendait savoir exactement ce qui se passait. Aussi, en sortant de table, a-t-il téléphoné à votre bureau...

– Première nouvelle.

– Le téléphone automatique n'est pas encore installé ici et il faut demander toutes les communications au central. L'opératrice qui était de service avant-hier soir n'a pas été surchargée de travail et elle a une excellente mémoire. Un peu plus tard, le colonel vous a appelé de nouveau, cette fois à un numéro du central Regent.

– Il est exact que quelqu'un m'a demandé au numéro auquel vous faites allusion, mais je ne savais pas que c'était le colonel.

– Vous n'avez donc pas pris la communication ?

– Non.

– Ce qui n'empêche qu'hier vous avez décidé de venir ici. J'en conclus que le colonel avait laissé à votre bureau un message qui vous a paru digne d'attention et que vous avez vu en Stenhurst un client possible. Cela dit, Slim, j'ajoute ceci : vous ne travaillez pas pour rien et vous vous faites même payer très cher. En venant ici, à qui pensiez-vous demander de l'argent ?

– A la vérité, je n'ai guère eu le temps de me renseigner sur le colonel, convenez-en !

– Malgré ça, vous êtes venu. Je me demande bien pourquoi ?

Rapidement, Callaghan réfléchit. Si Sallins avait dit à Gringall tout ce qu'il savait, il était infiniment probable qu'il lui avait appris que Viola Alardyse avait été absente, le jour de la mort du colonel, pendant tout l'après-midi. Il y avait de fortes chances pour qu'elle eût été rencontrée sur la route. Gringall, donc, ne tarderait pas à découvrir qu'elle lui avait rendu visite.

– Gringall, si je vous dis exactement ce qui s'est passé, vous voudrez bien reconnaître que je me comporte en bon citoyen, autrement dit, que nul ne pourra me reprocher de garder par-devers moi des informations que j'aurais dû communiquer à la police ou d'entraver l'action d'un officier de police dans l'exercice de ses fonctions.

– J'en conviens, Slim, et j'estime que vous faites preuve de sagesse. Nous éviterons ainsi toutes sortes d'ennuis.

– Alors, voici les faits. Il est exact qu'avant-hier soir, après dîner, le colonel m'a téléphoné. Il était plus de neuf heures et j'avais quitté le bureau. C'est Nikolls qui a pris la communication. Stenhurst lui a paru très en colère, terriblement énervé, ce qui n'est pas tellement extraordinaire chez un ancien officier de l'armée des Indes. Il voulait me voir et, naturellement, le plus tôt possible. Nikolls ne pensait pas que l'affaire pouvait m'intéresser, mais, comme nous n'avons pas grand-chose en train en ce moment, il conseilla au bonhomme de me demander, un peu plus tard, à un club où je devais aller ce soir-là. Effectivement, il m'a appelé, on est venu me dire qu'il y avait quelqu'un pour moi au téléphone, mais je n'ai pas pris la communication. Si vous me demandez pourquoi, je vous dirai que c'est parce que je ne pensais pas qu'il pouvait s'agir d'un client possible, les gens qui me téléphonent dans les boîtes, aux environs de dix heures du soir, n'étant généralement pas de ceux qui me donnent l'occasion de gagner de l'argent.

– Je m'en doute.

– De vous à moi, j'ai cru qu'il s'agissait d'une dame à qui je n'avais pas envie de parler et, comme je vous l'ai dit, j'ai préféré ne pas me déranger. Le lendemain, qui était hier, Nikolls, quand je suis arrivé au bureau, m'a parlé de la communication qu'il avait reçue. Je lui ai dit que le colonel ne m'intéressait pas. Seulement, quelques heures plus tard, il s'est passé quelque chose qui m'a fait changer d'avis.

– Quoi donc?

La question ne déplut pas à Callaghan. Elle semblait indiquer que Gringall n'était pas au courant.

– J'avais si peu envie de m'occuper des affaires de Stenhurst que j'avais pris mes dispositions pour me rendre à Waverley vers la fin de l'après-midi. Une visite m'a amené à modifier mes plans : Miss Alardyse, en effet, est venue me voir à mon bureau.

– Voilà qui est intéressant!

– C'est exactement ce que je me suis dit et c'est pourquoi je suis ici.

– Le message du colonel n'est pour rien dans votre présence ici?

– Pour rien! J'ai eu une conversation avec Miss Alardyse et, en conclusion, j'ai décidé que je ne voulais pas du colonel comme client.

– Et, malgré ça, vous êtes venu ici?

– Oui. Parce que Miss Alardyse est ma cliente. Vous comprenez, Gringall, Dark Spinney lui appartient. Elle est très riche...

– Je comprends.

– Ainsi que vous le savez, il y avait eu, la veille, une très violente discussion à Dark Spinney autour de la table familiale. Le colonel, assez enclin à faire un monde de rien du tout, Miss Wymering a dû vous le dire, avait fini par proférer de telles énormités que Miss Alardyse avait décidé que les choses ne pouvaient plus continuer comme cela.

Mentant sur le ton de la plus franche sincérité, il poursuivit :

– La situation, je pense que vous la connaissez. Stenhurst était, avec Miss Wymering et une troisième personne, l'un des exécuteurs testamentaires de la mère de Miss Alardyse. Très choquée par certains de ses propos, Miss Alardyse commençait à se demander s'il était bien qualifié pour remplir cette mission d'exécuteur testamentaire, qui comporte des responsabilités. Cependant, par égard pour lui et plus encore pour sa tante, elle ne voulait rien faire qui pût le blesser, ou même seulement lui déplaire, avant d'avoir une certitude. Elle m'expliqua ce qu'il en était et me demanda de venir trouver le colonel. Je le verrais, je parlerais avec lui et, renseigné, je conseillerais Miss Alardyse sur les mesures à prendre.

– Je vois... Dois-je comprendre qu'elle pensait que le colonel n'avait plus toute sa tête?

– Mon Dieu, vous savez comment sont ces vieux militaires qui ont longtemps servi aux Indes. Leur foie les travaille, ils ne décolèrent pas, ils disent un tas de stupidités...

– Mais, le colonel, vous ne l'avez pas vu?

– Non, il n'était pas à Dark Spinney quand je m'y suis présenté. On ne l'attendait pas avant l'heure du dîner et je devais lui téléphoner pour le voir dans la soirée. Je n'en ai pas eu la possibilité. J'avais laissé ma voiture assez loin de la grille d'entrée et, pour prendre un raccourci, j'étais sorti par le fond de la maison. En route, j'ai rencontré Sallins, qui venait de trouver le corps. Il était bouleversé...

– Et vous avez décidé d'aller jeter un coup d'œil sur le cadavre?

– Ce n'est pas tout à fait ça! J'ai tout de suite pensé à dire à Sallins de téléphoner à la police, mais, comme le pauvre type ne pouvait pas me certifier que le colonel était vraiment mort et comme il aurait tout de même été ridicule de déranger la police pour rien, je me suis dit qu'avant d'entreprendre quoi que ce fût il ne serait pas mauvais de se renseigner. J'ai donc invité Sallins à ne pas bouger – il était à peine capable de parler – et je suis allé me rendre compte. Ensuite, sûr de mon fait, j'ai envoyé Sallins au téléphone. Il n'y avait pas autre chose à faire...

– Dites-moi, Slim, qu'est-ce qui vous a donné à penser que c'était un suicide?

Callaghan regarda le policier d'un air stupéfait.

– Comment songer à autre chose? Il était là, gisant par terre, avec à côté de lui un pistolet qui lui était évidemment tombé des mains. J'ai aussitôt admis le suicide et je ne vois pas ce que ce pourrait être d'autre!

– Il y a, cependant, dans cette histoire, un point qui me chiffonne. Si le colonel s'est suicidé, pourquoi n'avons-nous pas relevé d'empreintes sur l'arme?

– Il n'y a pas d'empreintes?

– Non.

– Est-ce que ça ne s'expliquerait pas par le mouchoir qu'il avait dans la main droite? Il aura tenu son pistolet en se protégeant les doigts avec son mouchoir.

– Pourquoi aurait-il fait ça?

– Ça tombe sous le sens! *Il ne voulait pas* qu'il y eût d'empreintes.

– Mais pourquoi?

– Mon Dieu, on peut supposer que l'arme avait probablement longtemps traîné dans la maison, qu'elle avait été manipulée par un peu tout le monde et qu'il devait y avoir dessus toutes sortes d'empreintes digitales. Stenhurst, sachant qu'elles seraient examinées par la police et désirant que personne ne fût accusé de sa mort, aura vraisemblablement essuyé son arme avec soin, de façon à être sûr qu'on ne trouverait sur elle que ses empreintes à lui, celles qu'on trouverait sur le canon.

– Effectivement, elles s'y trouvent. Mais ce n'en est pas moins curieux!

– Si je comprends bien, Gringall, vous voudriez découvrir quelqu'un qui avait des raisons de supprimer le colonel? Ce quelqu'un, *moi*, je ne crois pas qu'il existe. Par contre, je pense que Stenhurst peut fort bien avoir eu envie de se tuer. Il ne s'entendait pas avec sa famille. L'autre soir, à table, il fait une scène, se laisse emporter par son sale caractère et m'appelle au téléphone. Le lendemain, il découvre que, dans sa fureur, il a mis quelque chose en train, qu'il est probable que je vais venir le voir et que sa situation va devenir terriblement difficile. Il n'est plus jeune, il en a par-dessus la tête de toutes ces histoires, il décide d'en finir. Je ne sais ce que vous en pensez, mais, moi, je trouve ça plausible!

Gringall se leva.

– Oui, c'est plausible!

– Vous ne reprenez pas un verre?

– Non, merci, pas maintenant. Votre théorie n'est pas si mauvaise. Elle me plairait même assez s'il n'y avait un petit détail qui m'ennuie. Il semble que c'est d'un poste secondaire, installé dans sa chambre à coucher, que le colonel a appelé votre bureau. Mais ce n'est pas de là qu'il a passé sa seconde communication, laquelle a dû être demandée d'une cabine publique qui se trouve sur la route d'Alfriston.

– Et alors?

– Alors?... Si Miss Alardyse est allée vous voir hier, c'est parce qu'elle savait que le colonel vous avait téléphoné la veille pour vous prier de venir ici. Autrement dit, et c'est le point où je voulais en venir, quelqu'un avait écouté le premier coup de téléphone donné par Stenhurst, celui qui est parti de sa chambre à coucher. J'aimerais bien savoir pourquoi ce quelqu'un se montrait si curieux.

Gringall prit congé sur cette dernière réflexion.

Assis à sa table, Callaghan songeait. Gringall n'était pas un imbécile, sa conviction était faite et il allait s'appliquer à prouver qu'il y avait bel et bien eu meurtre. Il avait déjà découvert quelques petites choses, et notamment que c'était d'une cabine publique que Stenhurst avait passé son second coup de téléphone. Pourquoi n'avait-il pas téléphoné de chez lui? Gringall avait l'air de l'ignorer, mais Callaghan, lui, le savait. La personne qui avait écouté la première communicatin avait sur-le-champ pris la résolution de différer la seconde autant qu'il lui serait possible et ce n'était pas le lendemain que la ligne de Dark Spinney avait été coupée, mais ce soir-là, *tout de suite après le coup de téléphone de Stenhurst.*

Callaghan se fit servir un autre whisky.

. . . .

Les ombres du soir commençaient à s'allonger lorsque Callaghan, quittant la Grande-Rue, s'engagea sur un petit chemin qui escaladait la colline, en direction de Hangover. Il attendait les événements. Pour lui, le nœud de l'affaire, c'était la lettre que le colonel avait reçue, cette lettre qui l'avait mis en colère et qui avait dû lui apprendre quelque chose de très important, puisqu'elle l'avait décidé à faire appel aux services d'un détective.

Callaghan suivit le chemin étroit qui longeait le mur d'enceinte de Dark Spinney, prit un sentier qui s'enfonçait dans les bois et arriva à une sorte de clairière, fermée à l'une de ses extrémités par une barrière à laquelle il s'accouda, les yeux fixés sur la prairie qui s'étendait au-delà.

– Bonsoir, monsieur Callaghan! dit une voix derrière lui.

Il se retourna. Il y avait là une jeune fille. Très jolie dans son costume de tweed clair. Elle lui souriait.

– Bonsoir, mademoiselle! Mais à qui ai-je l'honneur?...

– Patricia Alardyse. Je vous connais très bien. Vous êtes détective privé et je trouve ça épatant!

– Je me réjouis de savoir qu'il y a au monde quelqu'un pour trouver mon métier épatant, miss Alardyse!

– Appelez-moi Patricia, voulez-vous? Vous savez, monsieur Callaghan, que je pourrais vous rendre de grands services : j'ai en moi tout ce qu'il faut pour faire une espionne de grande classe!

– C'est extrêmement intéressant, mais je me demande ce qui vous fait penser qu'une espionne de grande classe pourrait m'être utile en ce moment.

– C'est mon idée.

– Admettons. Cette espionne de grande classe, qu'est-ce qu'elle pourrait faire pour moi?

– Je ne le sais pas exactement, mais sans doute bien des choses! Vous ne trouvez pas que c'est drôle, vous, cette histoire arrivée à mon beau-père?

– Drôle en quoi?

– Je vais vous le dire. Prenons, d'abord, la scène qui a eu lieu au dîner. Il est évident pour Gervase – c'était le prénom de mon beau-père – savait ou croyait savoir quelque chose sur Viola et Corinne. Il avait menacé de les faire surveiller, mais n'avait pas dit par qui, et personne ne savait qu'il avait l'intention de se mettre en rapport avec vous.

– Comment a-t-on pu le découvrir?

– Ça n'a pas dû être très difficile. Le colonel téléphonait toujours de sa chambre, au premier étage. Seulement, le poste principal se trouve dans le hall du rez-de-chaussée. Il suffisait de décrocher cet appareil pour surprendre sa communication...

– Cette dispute, au dîner, elle avait été sérieuse?

– Non! Il y en avait eu auparavant bien d'autres du même genre. La seule nouveauté, c'était qu'il prenait Viola à partie. Il détestait Corinne, il ne m'aimait pas beaucoup, mais jusqu'à ces derniers temps je croyais qu'il avait un faible pour Viola.

– Ainsi, il détestait Corinne. A votre avis, il avait raison?

– Sûrement! Soit dit entre nous, Corinne ne vaut pas cher et c'est une parfaite chipie. C'est ma sœur, mais je ne peux pas vous dire du bien d'elle. D'abord, elle me fait peur! Je ne le lui laisse pas voir, mais c'est la vérité, et je ne serais nullement surprise qu'*elle* ait tué Gervase!

– Pourquoi?

Elle haussa les épaules.

– Demandez-moi autre chose, car je ne vois pas pourquoi quelqu'un aurait pu avoir envie de le supprimer!

– La discussion roulait bien sur un certain club que Viola et Corinne fréquenteraient!

– A vrai dire, c'est presque toujours moi qui provoque les disputes à la maison. C'est amusant et on s'ennuie tellement!

Confidentielle, elle ajouta d'un ton assez satisfait :

– Oui, mais ce n'est pas là-dessus qu'elle a commencé. Au début, il s'agissait *de moi*... J'avais mis une robe du soir appartenant à Corinne, une jolie robe rouge, avec la taille très basse. Avant le dîner, elle m'avait dit d'aller l'enlever. Elle était furieuse.

– Vous possédez donc la clé de sa chambre?

– Bien sûr! J'ai la clé de *tout ce qui se ferme chez elle.*

– Pourquoi?

– Je n'en sais rien. Peut-être parce que je n'ai jamais eu confiance en elle... J'aime énormément Viola, qui est très gentille, alors que Corinne a l'air de ne pouvoir souffrir *personne.*

Un silence suivit. Callaghan reprit, avec une indifférence affectée :

– Dites-moi, Patricia, ça vous amuserait de faire quelque chose pour moi?

– J'adorerais ça!

– Quelque chose m'intrigue, et je crois que vous êtes la seule personne au monde à pouvoir m'aider. La veille de sa mort, autrement dit le soir de la dispute, le colonel a reçu une lettre et c'est de cette lettre qu'il voulait me parler. Avec une maison bourrée de policiers, il m'est assez difficile d'aller la chercher. Vous pourriez peut-être, vous, essayer de la trouver...

– Mais bien sûr! Ça ne représente guère qu'un petit raid dans la chambre de mon beau-père et dans son bureau!

Callaghan, qui tenait qu'il est parfois nécessaire de prendre des risques, poursuivit :

– Patricia, je vous fais confiance et je sais que vous ne me trahirez pas...

– Ça, vous pouvez en être sûr! Je suis *avec vous* à fond! Au fait, votre petit nom, c'est comment?

– Slim.

– Slim? C'est très joli!... Alors, Slim?

– Eh bien, voilà!... J'ai idée que ce pourrait bien être Corinne qui a décroché l'appareil du hall pour écouter la communication de votre beau-père. Viola, vous ne le savez sans doute pas, est venue me voir le lendemain à mon bureau. Pour cela, il fallait que quelqu'un lui eût dit à qui le colonel avait téléphoné. A moins, bien entendu, que ce ne soit *elle-même* qui ait surpris la communication...

– Ce n'est pas elle. Elle était dans sa chambre. C'est *sûrement* Corinne!

– Si c'est Corinne, elle a appris du même coup que le colonel avait reçu une lettre et il est probable que la chose a dû l'intriguer. Elle a dû se demander si, dans cette lettre, il n'était pas question d'elle aussi bien que de Viola, et je ne serais nullement surpris qu'elle ait cherché à savoir exactement ce qu'il en était.

– Vous pouvez en être sûr!

– Je croirais donc volontiers que, tout de suite après la mort du colonel, elle a essayé de mettre la main sur la lettre. *Il se peut qu'elle l'ait trouvée.* Vous voyez où je veux en venir?

– Vous voulez dire que c'est par la chambre de Corinne qu'il faudrait commencer les recherches?

– Exactement.

– Eh bien, Slim, c'est tout ce qu'il y a de simple!

– Seulement, il faut faire attention. Il serait terriblement fâcheux que Corinne vous surprît en train de perquisitionner chez elle!

– Elle ne me pincera pas et elle ne se doutera même pas que je suis venue!

– Voyez ce que vous pouvez faire et, s'il y a du nouveau, vous me donnez un coup de fil aux Deux-Frères, à Alfriston. Surtout, ne dites pas au téléphone que vous êtes Patricia Alardyse!

– Non! Je dirai que je suis Mme X...

– Ça ne vaudrait pas mieux! Dites que vous êtes miss Brown...

Il alluma une cigarette et reprit :

– Il y a encore autre chose. J'aimerais bien avoir une petite conversation avec votre sœur Viola, mais je ne voudrais pas la voir à Dark Spinney...

– Je peux lui parler de ça!... Nous dînons aux environs de neuf heures, elle peut très bien aller faire un tour après le repas, disons vers dix heures moins le quart. Je lui ferai comprendre qu'*il faut absolument* qu'elle vous voie! Elle vous retrouverait ici.

– Vous êtes vraiment très, très gentille.

Elle lui tendit la main.

– Au revoir, Slim, et à bientôt!

CHAPITRE IV

Assise devant sa coiffeuse, Corinne se contemplait dans la glace. Elle portait une robe d'intérieur en soie écarlate, dont la chaude couleur s'harmonisait avec le violet sombre de ses mules de velours.

Le miroir lui renvoyait une image qui lui donnait toute satisfaction.

Corinne avait l'habitude de regarder les faits en face, si désagréables qu'ils pussent être, mais l'incertitude lui était insupportable. Or, si elle savait certaines choses, il en était d'autres qu'elle ignorait. Les premières ne l'inquiétaient pas. Ses dispositions étaient prises. Mais les autres...

Et, d'abord, la lettre. *Qui l'avait envoyée* et pourquoi l'avait-on envoyée? Cette lettre, elle connaissait deux personnes, pas une de plus, qui en savaient assez pour l'écrire.

Ensuite, il y avait Viola. Elle était à peu près désespérée et rien ne disait qu'elle « tiendrait le coup ». Dans l'état où elle se trouvait maintenant, elle était très capable d'aller tout raconter à tante Honoria. Corinne se trouverait alors dans une situation *impossible.*

Il fallait manœuvrer, mais avec précaution. A

cause des policiers qui remplissaient la maison.

Enfin, il y avait Callaghan. Celui-là, c'était un détective privé. Elle se demandait si elle pourrait se servir de lui. Elle savait comment employer Callaghan, seulement, pour cela, *il eût fallu qu'elle sût qui avait écrit la lettre.*

N'était-il pas drôle que le colonel fût mort juste à ce moment-là? Ça valait peut-être mieux, mais ce n'était pas sûr. D'autre part, la police, c'était évident, croyait à un meurtre.

Mais *qui* soupçonnait-elle? En bonne logique, on devait répondre : Viola. Ne s'était-elle pas précipitée à Londres pour voir le détective? Elle détestait le colonel, elle était furieuse contre lui, impossible d'en douter. La police *croirait-elle Viola capable* d'un assassinat?

En tout cas, si Viola se mettait à avoir peur et commençait à éprouver le besoin de se confesser à quelqu'un, à tante Honoria, par exemple, il faudrait l'obliger à n'en rien faire. Viola était de ces natures douces et aimables, qui se laissent facilement intimider.

On frappa trois petits coups à la porte et Corinne, se retournant, aperçut Viola qui entrait dans la pièce. Elle lui sourit.

– Chérie, le noir te va admirablement... On dirait que tu es fatiguée?... Ou soucieuse?

Viola s'était approchée de la coiffeuse.

– Je le suis! Pas toi? Je ne comprends pas l'attitude de la police. Elle me semble étrange. Les inspecteurs pensent que Gervase a été assassiné. Supposons qu'ils aient raison. Qui aurait pu faire une chose pareille?

Corinne réprima un bâillement.

– N'importe qui, à condition d'avoir le cran nécessaire! Au surplus, je ne vois pas pourquoi tu te tracasses. Il est mort, un point c'est tout!

– Tu es dure, Corinne!... Moi, je le plains.

– Libre à toi!

– Corinne, quand tu as écouté la conversation de Gervase au téléphone, a-t-il parlé d'une lettre?

– Gervase était dans un tel état de surexcitation que je ne me rappelle plus très bien ce qu'il a dit. Des quelques phrases qu'il a prononcées, j'ai surtout retenu qu'il avait la ferme intention de mettre ses menaces à exécution et de nous faire surveiller. C'était *cela* uniquement qui m'intéressait, non pas tellement pour moi, mais *pour toi!*

– Mais, quand il a raccroché, pourquoi n'es-tu pas venue me parler tout de suite? Où es-tu allée?

– Me promener. Je voulais réfléchir à propos de Gervase. J'ai eu envie d'aller le trouver pour lui dire que, s'il me faisait surveiller, je ficherais le camp. Puis, j'ai décidé de ne pas bouger et de te mettre au courant. C'est ce que j'ai fait et je me demande pourquoi tu me poses cette question.

– J'avoue que je n'en sais rien.

– Tu es bien sûre que tu n'as pas l'intention de commettre une sottise? Est-ce que tu ne crois pas que tu t'alarmes pour rien du tout? Tout va s'arranger. Dans quelques jours, les policiers, fatigués, se retireront, en déclarant que Gervase s'est donné la mort, ce qui est vrai d'ailleurs.

– Tu vas peut-être penser que je suis folle, mais je vais dire toute la vérité à tante Honoria.

– Ah!

Presque aussitôt, Corinne ajouta :

– J'ai l'impression que tu ne seras pas plus

tranquille après et que c'est une idée qui n'est pas particulièrement heureuse, *surtout* en ce moment. Songe à ce qu'il arrivera si tu parles à tante Honoria! *Un joli scandale!*

– Tant pis! Il y a trop longtemps que cela dure. J'en ai assez!

– Parle à tante Honoria, puisque ta décision est prise. Je te dis seulement qu'à ta place je n'en ferais rien et que tu t'apercevras vite que c'était la dernière chose à faire.

– Mais pourquoi?

– Corinne se leva et alla prendre une cigarette dans un coffret, posé sur le manteau de la cheminée. Elle l'alluma et, le dos tourné au foyer, considéra longuement sa sœur avant de répondre.

– Je crois, Viola, que le moment est venu de bien nous comprendre. Si quelqu'un a des raisons de se plaindre, ce n'est pas toi, c'est moi!

– Toi? Tu m'étonnes! Si les choses sont ce qu'elles sont, c'est parce que tu l'as voulu! Tu as toujours dit...

– C'est exact! La situation est telle que je l'ai voulue et je désire qu'elle ne change pas. Seulement, si tu vas tout raconter à tante Honoria, je lui déclarerai que je n'étais au courant de rien. Tu te rends compte, je pense, que, si je ne savais rien, il y avait *fraude*, et fraude depuis des années? Tu ne supposes pas, j'imagine, que notre ami prétendrait le contraire? Il ne me trahira pas, pas plus qu'il ne te trahira, toi, aussi longtemps qu'il aura intérêt à *ne pas le faire.*

– Corinne, il y a des moments où j'ai l'impression que tu es la femme la plus méchante du monde.

– C'est possible! Seulement, je ne me soucie

guère de ton opinion. Je crois que tu serais bien inspirée de suivre mon conseil. J'ai été très gentille avec toi, Viola, mais j'entends que la situation reste ce qu'elle est!

Viola ne répliqua pas et, sans un mot, sortit de la chambre de sa sœur.

. . . .

Callaghan, qui se promenait dans son petit salon, à l'hôtel des Deux-Frères, s'arrêta pour se verser un verre de whisky et allumer une cigarette. Il était neuf heures.

Callaghan pensait à Gringall, lequel semblait bien s'être mis dans la tête que le colonel Stenhurst avait été assassiné. Il avait probablement raison et la situation était assez curieuse, nul n'ayant eu *apparemment* la moindre raison de supprimer Stenhurst. En fait, on ne pouvait guère imaginer qu'une personne pour l'avoir tué : Viola, qui semblait le détester cordialement.

Viola pouvait faire une coupable très acceptable. Callaghan était d'avis que quelqu'un se l'était dit avant lui. Il fallait s'attendre à la découverte prochaine de quelque nouvel indice tendant à faire porter les soupçons sur Viola.

Quelle serait, à ce moment-là, la réaction de Gringall? Callaghan était sûr de la réponse : Gringall ne bougerait pas. Comme Callaghan, Gringall tenait que, dès l'instant qu'on laisse de la corde à un coupable, il finit par se pendre lui-même.

Callaghan finissait son whisky quand le téléphone sonna. Nikolls était à l'appareil.

– On peut parler, Slim?

– Oui. Et je veux espérer que tu as quelque chose à me dire!

– Tu peux être tranquille là-dessus! Je suis toujours un limier de grande race. D'abord, le Mardene Club... C'est une boîte qui n'est pas mal du tout. Elle se trouve tout de suite après Rottingdean. En sortant du village, tu prends le petit chemin qui est sur la gauche et tu arrives droit dessus. C'est une maison isolée, à deux ou trois kilomètres de la mer...

– Bon!... Maysin?

– Celui-là, c'est une autre histoire! Est-ce que tu te souviens d'un bar qui s'appelait le Yellow Anchor?

– C'est toi qui me demandes ça?

– Bon!... Il y avait là un premier garçon, un certain Tony Empli, qui s'est fait coincer dans une affaire de stupéfiants. Tu te souviens?

– Fort bien!

– Ça simplifie les explications, parce que ce Charlie Maysin n'est autre que Tony Empli.

– Qui te l'a dit?

– Personne. Voilà comment ça s'est passé... Je traînais autour du Mardene avec une petite qui travaille là-bas, une dactylo, qui est un peu la secrétaire du patron et que j'ai connue autrefois, quand elle était au vestiaire du Mayflower. En ce temps-là, elle ne savait pas encore pianoter sur une machine. Nous étions en train de causer quand j'aperçois Tony Empli. Comme je me doutais qu'il avait changé de nom, je demande à la petite qui c'est. Elle me répond : « Charlie Maysin. » J'ai considéré qu'il n'y avait pas lieu d'insister.

– J'ai l'impression que tu feras bien de garder le contact avec cette jeune personne.

– J'ai rendez-vous avec elle ce soir. Nous devons nous retrouver à Brighton et j'ai comme une idée qu'avant de lui dire au revoir j'aurai appris pas mal de choses, y compris d'où lui vient le grain de beauté qu'elle a dans le cou. Je suppose que je pourrai te présenter une note de frais?

– A condition qu'elle ne soit pas trop salée, oui! Il ne faut pas oublier, Windy, que nous ne savons toujours pas qui nous paiera... Revenons au Mardene Club. A qui appartient-il?

– A un nommé Lucien Donelly. Un marle : il dirige sa boîte correctement, il ne se mouille pas; quand il veut rester ouvert toute la nuit, il demande la permission, ses alcools sont honnêtes et il a l'air de payer ses factures. Il paraît que toutes les femmes sont amoureuses de lui...

– Rien d'autre?

– Tu ne sais pas le plus beau! Deux des Alardyse fréquentent le Mardene : Corinne et Viola. Corinne est membre du club et Viola y est venue avec elle, en qualité d'invitée. Corinne, elle, adore le coin, et, d'après ma petite copine, il pourrait bien y avoir quelque chose entre elle et Donelly. Elle a l'air d'être folle de lui et il serait lui-même assez amoureux d'elle.

– Parfait. Où loge le personnel?

– Tout le monde rentre à Brighton le soir, par le dernier autobus, ou, si la boîte est restée ouverte plus tard, par un car, loué spécialement. Donelly, lui, habite au-dessus du club, au premier étage. Il a là son appartement et ses bureaux...

– Très bien. Il ne te reste plus, mon petit Windy, qu'à continuer à confesser ta dactylo.

– O.K.! Au revoir, et probablement à demain!

. . . .

La nuit était claire. Il était dix heures moins le quart et Callaghan roulait doucement sur la route longeant le haut mur d'enceinte de Dark Spinney. Venant en sens inverse, une silhouette apparut dans la lumière des phares. Reconnaissant Viola Alardyse, il arrêta sa voiture sur le bord herbu du chemin, sauta de son siège et marcha à la rencontre de la jeune femme.

– Bonsoir, miss Alardyse! Je suis heureux de vous revoir. Il était temps que nous bavardions!

Elle le regarda sans répondre.

– Je suis pour le moment assez pressé, reprit-il, mais j'ai tout de même le temps de vous dire ceci : il y a par ici quelqu'un qui ne vous aime pas beaucoup.

– Et alors?

– Dès que Sallins m'eut apprit la mort de votre beau-père, je suis allé au pavillon pour jeter un coup d'œil sur le corps. L'arme était à bonne distance du cadavre, il n'y avait autour de la blessure aucune trace de poudre – dans un suicide de ce genre, on en relève presque toujours – et vous pouvez me croire, miss Alardyse, si je vous affirme que le colonel ne s'est pas tué et qu'il a été assassiné. Travaillant pour vous, je serais assez porté à penser que quelqu'un a cherché à diriger les soupçons sur vous.

– Mais qui aurait voulu faire une chose pareille?

– Que vous ayez eu ou non envie de le tuer, la chose ne m'intéresse pas! Ce qui m'intéresse, c'est le fait que *quelqu'un* l'a tué et aussi que ce quelqu'un s'est donné la peine de procéder à une mise en scène tendant à faire croire que Stenhurst a été tué par vous. Où étiez-vous le soir où le colonel est mort? Je suppose que, de mon bureau, vous êtes revenue ici directement. Je ne me trompe pas?

– Non. Je suis rentrée tout de suite, j'ai mis la voiture au garage et j'ai pris le thé.

– Et ensuite?

– Je suis allée me promener dans les bois. Par là... A mon retour de Londres, je ne me suis inquiétée de personne. J'avais quitté la maison très en colère et l'entretien que nous avions eu, vous et moi, ne m'avait pas mise en meilleure humeur. Mon thé pris, je décidai d'aller faire un tour parce que je me proposais d'avoir, avant le dîner, une conversation très sérieuse avec mon beau-père. En rentrant, je vous ai rencontré à deux pas d'ici et, peu après, en arrivant à la maison, j'ai appris ce qui s'était passé.

Callaghan tira de sa poche le mouchoir brodé qu'il avait ramassé sous le cadavre de Stenhurst et le tendit à la jeune femme.

– Ceci est à vous?

– Oui... Pourquoi?

– Je l'ai trouvé sous le corps du colonel.

– Et vous l'avez emporté?

– Oui. J'ai déplacé l'arme et pris le mouchoir.

– Mais pourquoi avez-vous fait cela?

– Je ne suis pas sûr de le savoir, mais sans doute pour deux raisons. La première, c'est que j'avais nettement le sentiment d'être devant une mise en scène. Je pouvais me tromper, mais c'était un risque à courir...

– Un gros risque...

– Ce mouchoir, je vous le rends?

– Si ça ne vous ennuie pas, oui. D'autre part, je ne crois pas que nous devrions rester ici à bavarder. Une voiture pourrait passer...

– Vous avez raison. Venez!

Quelques instants plus tard, ils marchaient côte à côte dans un sentier humide qui s'enfonçait dans les bois.

– Et la seconde raison? demanda-t-elle.

– Je ne suis pas très certain de la connaître moi-même. Nous en reparlerons à l'occasion. En attendant, je vous conseille d'être très prudente et, à la maison, de ne faire confiance qu'aux gens qui vous veulent du bien!

– Je n'en puis plus, monsieur Callaghan. Je suis fatiguée de réfléchir...

S'immobilisant soudain, elle dit :

– Il n'est pas impossible, monsieur Callaghan, qu'un jour j'aie besoin de vous parler. Peut-être pourrez-vous me venir en aide...

– Notre client est mort. Nous pouvons toujours en prendre un autre...

– Je vois... Il vous est égal de travailler pour l'un ou pour l'autre?

– Exactement. L'essentiel est que, de temps en temps, quelqu'un se trouve là pour payer la note d'une façon ou d'une autre.

– J'imagine, monsieur Callaghan, que je vous dois beaucoup de reconnaissance?

Ils avaient repris leur promenade...

– Miss Alardyse, si vous croyez avoir besoin de me consulter un jour, il vaudrait mieux que ce fût bientôt. Je connais Gringall. Si je suis bien informé, il a interrogé tout le monde à Dark Spinney, il a réuni toutes sortes de renseignements et il n'est pas très satisfait. Au cours de ma conversation avec Gringall, je me suis dit qu'il n'était nullement indispensable qu'il connût tout de l'entretien que nous avons eu, vous et moi, dans mon bureau. S'il savait ce que vous m'avez dit, s'il savait que vous êtes allée à Londres à seule fin de me menacer de toutes sortes de catastrophes si je venais à Dark Spinney et si j'acceptais de travailler pour le colonel, il aurait une raison de plus – et très forte – de penser que vous souhaitiez la disparition de votre beau-père. Cette idée-là m'a déplu et j'ai agi en conséquence.

– Qu'avez-vous fait?

– J'ai raconté à Gringall que, depuis quelque temps, le comportement du colonel vous donnait des inquiétudes, j'ai laissé entendre qu'il vous semblait drôle et que la scène qu'il avait provoquée à table n'était qu'une des manifestations, la plus violente, de cette bizarrerie qui commençait à vous alarmer. Vous me demandiez de venir à Dark Spinney pour voir votre beau-père, tâcher de découvrir ce qu'il avait en tête et vous présenter un rapport. Cette histoire est excellente. Pour deux raisons : elle empêche Gringall de se dire que vous aviez un mobile supplémentaire de tuer le colonel et elle vient à l'appui de l'hypothèse du suicide.

– Vous êtes un homme bien étrange, n'est-ce pas, monsieur Callaghan?

– Comment voulez-vous que je le sache?

– Vous avez à faire ce soir?

– Une visite...

– Quand serez-vous de retour?

– Probablement entre onze heures et onze heures et demie... Minuit moins le quart, au plus tard.

– A minuit moins le quart, je vous attendrai de l'autre côté de la petite porte verte. Je tirerai le verrou. Nous pourrions nous retrouver là et rentrer à la maison pour parler. Tout le monde sera couché...

– Entendu! Vous pouvez compter sur moi.

Le Mardene club était installé dans une grande villa, construite, à une centaine de mètres du chemin, au milieu de ce qui avait dû être autrefois un petit parc coquettement entretenu. Callaghan rangea sa voiture le long d'une haie et prit à pied l'allée cavalière qui s'en allait vers la maison.

Il s'assit sur le marchepied d'une voiture, alluma une cigarette et attendit. Une demi-heure passa, puis des gens sortirent, qui, bavardant et riant, s'éloignèrent par l'allée. Dix minutes plus tard, une haute silhouette s'immobilisait dans le cadre illuminé de la porte. Callaghan s'approcha.

– Bonsoir, Tony!

L'homme dévisagea Callaghan.

– Vous faites erreur. Je m'appelle Maysin.

– Vous êtes Tony Empli, et j'ai à vous parler.

– Je ne vois pas ce que vous pourriez avoir à me dire!

– C'est justement pour vous l'expliquer que je suis ici. Je vais vous expliquer ce dont je veux que nous parlions et vous me raconterez ce que je veux savoir.

– Vraiment?

– Je m'appelle Callaghan et je suis détective privé. Je ne vous apprends rien, Tony, car nous nous sommes déjà rencontrés. Vous vous souvenez de ce qui s'est passé au Yellow Anchor?

– Que voulez-vous que cela me fasse? L'affaire ne me concernait pas.

– Que la police ait cru ça, déclara Callaghan, c'est très possible! Elle chassait le gros gibier et les petites pièces ne l'intéressaient pas. Seulement, si c'est à l'histoire des stupéfiants que vous faites allusion, moi, c'est à une autre que je pense.

– Ah?

– Oui. Vers la même époque, on a signalé la disparition d'une très jolie fille, qu'on voyait beaucoup au Yellow Anchor et qui s'appelait Carlotta Eames, si ma mémoire est bonne. Elle avait laissé une lettre, adressée à sa mère, et lui annonçant son départ pour la campagne. Depuis, on ne l'a plus revue. Ses parents s'imaginent qu'elle est mariée, quelque part...

– Et après?

– Il se trouve que Carlotta m'a écrit, trois mois après sa prétendue disparition. La lettre venait de Buenos Aires et, l'ayant lue, je me suis dit qu'il était préférable de ne rien dire aux parents.

– Intéressant!

– Plus que vous ne vous le figurez! Car la lettre m'a appris sur votre compte deux ou trois petites choses qui sont, je vous le certifie, fichtrement intéressantes!

– Où voulez-vous en venir?

– A ceci : j'imagine que vous avez entendu parler du suicide du colonel Stenhurst, à Dark Spinney. La veille au soir, il avait téléphoné à mon bureau et annoncé qu'il m'appellerait de nouveau, ailleurs, un peu plus tard. Il l'a bien fait, mais je n'ai pas pu prendre la communication : quelqu'un – une femme – avait jeté une drogue dans mon verre. L'homme qui l'avait payée pour faire ça tenait ses instructions de vous. Alors, j'aimerais savoir si l'idée était de vous ou, comme je suis enclin à le croire, de quelqu'un d'autre et j'ai pensé que vous ne refuseriez pas de me le dire. J'ajoute que vous n'avez pas le choix, il faut parler! Si vous vous y refusez, je remettrai à l'inspecteur-chef Gringall la lettre reçue de Carlotta Eames.

Empli haussa les épaules.

– Ça va! J'ai compris! Après tout, qu'est-ce que ça peut me faire? J'en ai marre de cette histoire, marre aussi de cette satanée boîte! Oui, c'est moi qui ai téléphoné à Grellin. Je ne lui ai pas dit de se servir d'une drogue quelconque, je lui ai simplement dit que, s'il pouvait s'arranger pour que vous ne receviez pas un coup de fil qui allait vous être passé, l'affaire ne serait pas trop mauvaise pour lui. C'est tout ce que je connais de l'histoire. Je sais qui me paie, ça me suffit!

– Tu n'opérais pas pour ton compte, mais pour celui de ton patron, le taulier du Mardene?

– Oui. Pourquoi n'allez-vous pas lui parler, à lui?

– C'est peut-être ce que je ferai. En attendant, tu sais ce que tu vas faire, *toi*?

– Non.

– Eh bien, tu vas rentrer chez toi, faire tes paquets et décamper! Compris? Je ne veux plus te voir par ici. Si je te rencontre, je te ferai plus d'ennuis que tu ne peux croire. Tu saisis?

Empli considéra Callaghan pendant quelques secondes, lui lança une injure, puis s'éloigna à grandes enjambées. Callaghan alluma une cigarette. Il n'était pas mécontent de lui.

Pourquoi avait-on tué Stenhurst?

Callaghan savait un certain nombre de choses et en devinait d'autres. Il ne faisait pas de doute, par exemple, que, le soir de la dispute à table, c'était Corinne qui, sachant que son beau-père allait téléphoner au bureau de Callaghan, avait surpris la communication. Elle avait entendu Nikolls dire au colonel qu'il lui serait possible de joindre Callaghan, un peu plus tard, au Night Light Club.

Renseignée, Corinne *avait dû* agir très rapidement. Selon toute vraisemblance, elle était sortie pour téléphoner à son ami Lucien Donelly. Elle l'avait mis au courant, lui demandant de faire tout le possible pour empêcher Callaghan de recevoir la communication. Donelly, pleinement d'accord, avait sans doute consulté Empli, qui s'était souvenu que la La Vallière était membre du Night Club et qu'on pouvait la toucher par l'intermédiaire de Grellin. Les instructions avaient été transmises immédiatement et le nécessaire avait été fait.

Restait à répondre à la question : *pourquoi?* Si l'on admettait que Corinne était à l'origine de cette machination, pourquoi tenait-elle tant à ce que son beau-père ne pût se mettre en rapport avec Callaghan? Elle ne cherchait donc qu'à gagner du temps. Pourquoi?

Deux hypothèses. On pouvait supposer que Corinne savait qu'il lui suffirait de couper le fil du téléphone pour être sûre que, dans la journée du lendemain, son beau-père n'entrerait pas en relation avec Callaghan, cela parce qu'elle avait la certitude qu'il ne bougerait pas de Dark Spinney. Ce qui donnait presque à penser qu'elle avait, en outre, quelque raison de supposer que, le soir, Stenhurst serait mort.

Cette première hypothèse ne satisfaisait pas Callaghan. La seconde lui paraissait plus plausible. Corinne ne cherchait-elle pas à gagner du temps uniquement parce qu'elle voulait savoir, pour des raisons à déterminer, ce que contenait la lettre à laquelle le colonel avait fait allusion, au cours de sa conversation téléphonique avec Nikolls ?

La lune s'était cachée derrière les nuages, et la nuit, maintenant, était noire. Callaghan se dit que le moment était venu de faire quelque chose. Il tira le starter, engagea sa voiture dans l'allée menant à la villa et vint l'arrêter au bas du perron. Dix secondes plus tard, il appuyait avec insistance sur le bouton de sonnette.

La porte s'ouvrit. Toutes les lumières du vestibule étaient allumées. Callaghan avait devant lui un solide gaillard en veston d'alpaga, pourvu de larges épaules et d'un visage stupide, le costaud professionnel qu'on rencontre dans les boîtes de nuit de troisième ordre et dont la mission essentielle consiste à expulser les clients devenus indésirables.

Callaghan lui annonça très courtoisement qu'il désirait voir M. Donelly.

– C'est possible ! répliqua l'homme. Seulement, il est tard et il est remonté chez lui. D'ailleurs, à cette heure-ci, la maison est fermée. Vous repasserez demain !

– Allez dire à Donelly que M. Callaghan veut le voir et grouillez-vous un peu !

L'homme s'appuya au chambranle et regarda Callaghan en ricanant. L'aventure semblait l'amuser.

– Vous êtes un petit marrant ! Monsieur commande ! Est-ce qu'on pourrait savoir pourquoi ?

– Question très pertinente, à laquelle on peut répondre de bien des façons. Voici la mienne!

Il souffla un nuage de fumée dans la figure de son interlocuteur et, faisant un rapide pas en arrière, lui décocha dans l'estomac un coup de pied de pointe qui l'envoya rouler sur le sol. Après quoi, il entra, ferma la porte avec soin et conseilla doucement :

– Je veux voir Donelly et je le verrai.

L'homme se relevait en grognant. Il promena sur Callaghan un regard de connaisseur.

– Bon! Je vais le prévenir. Mais, s'il ne veut pas vous recevoir, je vous accommoderai aux petits oignons quand je reviendrai!

Il revint, deux ou trois minutes plus tard, avec un homme grand et mince, qui ne pouvait être que Donelly.

– Le voilà, dit-il, désignant Callaghan d'un mouvement du menton. Je ne l'ai jamais vu, il n'est pas membre du club et il se prend pour un dur!

Donelly s'avança.

– Monsieur Callaghan, je ne sais pourquoi votre nom m'est familier. Je m'appelle Donelly et j'ai cru comprendre que vous désiriez me voir.

– Effectivement, j'aimerais vous voir en particulier. Je suis un ami de Corinne Alardyse.

– Voilà qui m'étonne! Elle ne m'a jamais parlé de vous.

– C'est très possible! Peut-être suis-je de ces amis dont elle préfère ne rien dire. Peut-être même ne me connaît-elle pas... Ça ne m'empêche pas, je le répète, d'être de ses amis!

Le ton était d'une raillerie agressive. Donelly restait fort calme.

– Je vous précède, monsieur Callaghan...

Callaghan se mit en marche derrière lui. Ils traversèrent le vestibule, s'engageant ensuite dans un couloir conduisant à un bureau, situé sur le derrière de la maison. Un feu de bois brûlait dans la cheminée.

Donelly s'approcha d'un secrétaire.

– Un whisky?

Callaghan répondit d'un signe de tête et prenant des mains de Donelly le verre qu'il lui apportait, il s'assit dans le fauteuil qu'il lui désignait du geste.

Donelly avala une gorgée de whisky, posa son verre sur le bureau et ajouta :

– Et, maintenant, je vous écoute!

– Je serai aussi bref que possible. Détective privé, je suis venu à Alfriston à la demande du colonel Stenhurst, qui désirait me confier une petite enquête. Comme vous le savez, il est mort. Pourtant, je continue à travailler pour la famille et c'est ce qui m'amène ici.

– Vous travaillez pour la famille. Qu'entendez-vous par là?

– Ça n'a aucune importance, car ça ne change rien aux faits, qui, eux, vous concernent. Mardi soir, après le dîner, le colonel Stenhurst a téléphoné à mon bureau. Il voulait me parler personnellement, pour me prier de venir le voir le plus tôt possible. On lui fit savoir que j'étais sorti, mais que, si l'affaire était urgente, il pourrait me demander, un peu plus tard dans la soirée, à un certain numéro, qu'on lui donna. Cette communication fut surprise par quelqu'un qui n'était autre, j'ai tout lieu de le croire, que miss Corinne Alardyse. Pour des raisons qui la regardent, et sans doute parce qu'elle voulait gagner du temps, elle jugea qu'il ne fallait pas que son beau-père pût, ce soir-là, se mettre en rapport avec moi. Ce qui la décida à venir ici ou à vous passer un coup de téléphone pour vous demander s'il ne vous serait pas possible de vous arranger d'une façon ou d'une autre pour m'empêcher de répondre à l'appel du colonel. Elle vous disait où me trouver. Vous avez parlé de la chose à Tony Empli, qui s'appelle maintenant Charlie Maysin, et, comme il connaissait une certaine miss La Vallière, qui est membre du club où la communication devait arriver, il vous fut assez facile de prendre les dispositions nécessaires. Miss La Vallière a versé dans mon whisky une drogue, qui m'a retiré de la circulation juste au bon moment. Est-ce que je me fais bien comprendre?

– Très bien! Continuez, je vous en prie, vous m'intéressez *terriblement*!

– Vous m'en voyez très heureux! Le lendemain, la ligne téléphonique de Dark Spinney est en dérangement. Je suis donc venu. Le colonel était mort quand je suis arrivé!

– J'espère que vous n'allez pas me dire qu'il a préféré se suicider plutôt que de rencontrer Callaghan?

– Laissons cette question-là de côté! Ce que je veux savoir, c'est qui a eu l'idée d'empêcher le colonel de me joindre dans la soirée de mardi. Est-ce vous ou Corinne Alardyse? Je serais curieux de l'apprendre.

– C'est parce qu'il était trop curieux que le petit chat est mort! déclara Donelly en riant. Votre histoire ne tient pas debout et j'aimerais savoir de qui vous la tenez!

– De La Vallière d'abord, d'un certain Grellin ensuite, à qui Empli a téléphoné et, enfin, d'Empli lui-même, qui, tout à l'heure, m'a avoué n'avoir agi que sur vos instructions. Alors?

– Empli est un imbécile. Un autre whisky?

– Non, merci! J'ai rappelé à Empli que je savais sur lui certaines petites choses dont on pouvait encore reparler s'il était nécessaire. C'est un pauvre type, une de ces petites canailles sans envergure que des gens comme vous sont susceptibles d'utiliser dans des boîtes comme la vôtre, mais il m'a très bien compris. Je lui ai dit que, si je le revoyais par ici, je m'arrangerais pour le faire mettre à l'ombre, et il s'est rendu compte que je ne plaisantais pas.

Accoudé au secrétaire, son verre à la main, Donelly dit, avec un demi-sourire :

– Monsieur Callaghan tient à me faire savoir qu'il peut jouer dur quand il lui en prend fantaisie. Est-ce que je dois avoir peur?

– Qu'est-ce que vous voulez que ça me fasse? Je deviens brutal quand c'est nécessaire. Mais si vous le désirez...

Donelly vida son verre.

– Monsieur Callaghan, c'est très gentil à vous de vous intéresser de si près à mes affaires personnelles, mais, à votre place, je n'insisterais pas! C'est un conseil.

– Et que ferez-vous si je ne le suis pas?

– Je l'ignore encore, mais ce sera amusant.

Ce disant, Donelly pressait de l'index un bouton de sonnette, placé au coin de la cheminée.

L'homme au veston d'alpaga entra dans la pièce.

– George, la conversation est terminée. Tu vas être content... Jette monsieur dehors!

– Je vous l'avais bien dit que c'était une ordure d'indic!... Allez, toi, viens par ici!

D'un pas pesant, George s'avança vers le fauteuil de Callaghan. Son énorme patte allait saisir le détective par le col de son pardessus, quand la main de Callaghan se posa sur son poignet dans un geste qu'on eût dit très doux. George se raidit et poussa un grognement sourd, qui se transforma en hurlement dans les deux secondes qui suivirent. George, encore qu'il n'en sût rien, expérimentait à ses dépens une terrible prise de judo. L'étreinte des doigts de Callaghan se resserrait graduellement. Des gouttes de sueur perlèrent sur le front bas de George, qui tomba à genoux.

Callaghan se leva, lâcha le poignet de son adversaire, recula d'un pas et, avant que l'infortuné George n'eût eu le temps de se rendre compte de ce qui se passait, lui expédia au creux de l'estomac un court crochet, doublé d'un uppercut qui lui arriva sur la bouche. Allégé de deux dents, les lèvres en sang, l'homme s'écroula, évanoui.

– Désolé, Donelly! Quand vous voudrez me faire expulser, il vous faudra trouver un authentique costaud!

Donelly avait conservé tout son calme.

– Vous vous croyez rudement fort, hein? Vous vous imaginez...

Callaghan lui coupa la parole.

– Je m'imagine peut-être bien des choses, mais, l'important, c'est que j'en *sais* maintenant quelques-unes. Au revoir, Donelly!

Il enjamba le corps de son adversaire, toujours inanimé, gagna la porte et se retira sans hâte.

Callaghan réfléchissait. Il tenait pour certain que les événements allaient se précipiter. Donelly, il n'en pouvait douter, était intelligent. Il aurait facilement pu imaginer cinq ou six façons d'expliquer pourquoi Corinne souhaitait que fût différé l'entretien de son beau-père désirait avoir avec le détective. Or, *Donelly ne s'était même pas donné la peine de mentir.* Il s'était contenté d'un démenti, dont il était visible qu'il ne tenait même pas à ce qu'il fût pris au sérieux. Ce qui indiquait clairement que sa position était solide, qu'il avait les atouts en main et qu'il savait que, quoi qu'il arrivât, il n'avait, *lui,* rien à craindre.

« Mais, même dans ce cas, songeait Callaghan, il lui faudra faire *quelque chose,* quand ce ne serait que téléphoner à Corinne pour lui recommander de se tenir sur ses gardes. »

Au total, Callaghan n'était pas mécontent de sa soirée.

. . . .

Il était onze heures un quart quand Callaghan rentra chez lui, à l'hôtel des Deux-Frères. Une surprise l'attendait : miss Patricia Alardyse était assise au coin du feu, dans le petit salon.

– Je suis tout étonné de vous voir là, mais j'en suis ravi! Il y a longtemps que vous êtes là?

– Assez, répondit Patricia. Je suis entrée avant qu'on ne ferme la petite porte et je suis montée directement. Je me suis installée là et j'ai attendu. Nous allons avoir un joli scandale avant qu'il ne soit longtemps!

– Vraiment... Et pourquoi?

Elle baissa la voix.

– La lettre, Slim, je l'ai trouvée.

– Bien travaillé, Patricia! Où était-elle ? Chez Corinne?

– Oui. Si ce qu'elle dit est vrai, je ne sais pas où nous allons. En tout cas...

– Procédons par ordre, Patricia! Où était la lettre et comment avez-vous fait pour la dénicher?

– Ce soir, Corinne sortait. Je la guettais de ma fenêtre. Elle est allée chercher sa voiture au garage. Dès qu'elle a été partie je suis entrée dans sa chambre, dont j'ai la clé, et je suis allée directement perquisitionner dans un petit secrétaire qui se trouve dans un coin de la pièce. La lettre y était. Adressée à Gervase, elle a été mise à la poste de Brighton dans la soirée de lundi. Je l'ai lue et j'ai failli en tomber à la renverse! Vous allez comprendre pourquoi...

Elle tira de son sac à main une enveloppe qu'elle tendit à Callaghan.

– Lisez ça!

Cher colonel Stenhurst,

Le moment est venu, je pense, où, en votre qualité d'exécuteur testamentaire de feu Stenhurst, vous devez savoir que, contrairement aux stipulations du testament de sa mère, miss Viola Alardyse, qui se trouve actuellement bénéficier des dispositions dudit testament, a épousé M. Rupert Ellingham Sharpham, le 23 août 1939, ainsi que vous en trouverez la preuve en consultant les registres d'état civil conservés dans les bureaux de Marloes Road, à Kensington.

Il ne saurait manquer de vous apparaître que, conformément aux volontés de Mme Stenhurst, miss Corinne Alardyse aurait dû, à la date précitée, entrer en possession de l'héritage maternel, dont, depuis six ans, elle se trouve frauduleusement frustrée.

Il est possible que je vous téléphone avant peu, lorsque vous aurez eu le temps de digérer la nouvelle et d'agir en conséquence.

Un ami de la famille.

Callaghan, sa lecture achevée, leva les yeux.

– Eh bien? dit Patricia. Comme vacherie, c'est conditionné!

– C'est assez mon opinion. Vous voulez m'accorder un instant?

Il passa dans sa chambre à coucher, pour revenir bientôt, porteur d'une machine à écrire et d'une loupe. Il étala la lettre sur la table et, l'examinant à la loupe, nota les caractéristiques de la machine sur laquelle elle avait été tapée. Ces remarques faites, avec quelques autres, Callaghan prit copie du document, avant de le rendre à Patricia.

– Maintenant, vous allez rentrer à Dark Spinney aussi vite que possible, afin de remettre cette lettre où vous l'avez prise avant le retour de Corinne!

– Entendu, Slim! répondit-elle. Mais vous allez vous occuper de Viola, hein? La pauvre doit être dans un pétrin invraisemblable! Dire que ça dure depuis des années et que personne n'a jamais rien *deviné*!

– Dépêchez-vous, Patricia! Ne perdons pas de temps!

Sur le seuil, elle se retourna.

– Dites donc, Slim! Vous savez que, si tout ça est vrai, Viola sera fauchée, *complètement fau-*

chée! Il ne lui restera rien du tout et peut-être que vous ne serez jamais payé...

– Ne vous tracassez pas pour ça! Filez et téléphonez-moi demain matin, mais pas de Dark Spinney!

– Entendu, Slim! Au revoir!

CHAPITRE V

Minuit moins le quart sonnait à l'église de Hangover quand Callaghan poussa la petite porte verte encastrée dans le mur de Dark Spinney. Viola Alardyse l'attendait dans le sentier.

– Belle nuit! dit-il, comme elle venait à sa rencontre. Froide, mais romantique. Une nuit à événements...

– Il s'en est déjà trop passé pour mon goût! Rentrons, monsieur Callaghan! J'ai à vous parler.

Quelques instants plus tard, ils pénétraient dans une petite pièce que Callaghan connaissait déjà, pour y avoir été reçu par miss Wymering.

Callaghan prit place dans un fauteuil.

– Alors, miss Alardyse, dit-il, de quoi voulez-vous que nous parlions?

– Monsieur Callaghan, j'en ai assez de mentir et de jouer la comédie. J'ai été si malheureuse depuis quelques jours, qu'il y a des moments où j'a cru devenir folle!

– Ce n'est pas une solution!

– Monsieur Callaghan, *il faut* que je fasse quelque chose, et très rapidement. C'est devenu, du fait de la mort de mon beau-père, une nécessité.

Seulement, je n'ai pas la moindre idée de ce que je dois entreprendre. Je suis si fatiguée que je n'ai plus la force de penser. Ma seule ambition, ce serait de réduire les proportions du scandale et c'est pourquoi je me mets entre vos mains, sans trop savoir d'ailleurs si j'ai raison. J'ignore même si je peux avoir confiance en vous.

Callaghan sourit.

– Vous n'en savez rien, mais vous êtes si mal embarquée qu'il faut que vous couriez le risque! Vous allez donc me raconter ce que vous avez à me dire. Avant de commencer, prenez une cigarette, ça vous facilitera les choses!

Elle accepta la cigarette qu'il lui offrait et en tira quelques bouffées avant d'entamer son récit.

– Je ne vous cacherai rien, dit-elle enfin. En 1939, juste avant le début de la guerre, j'allai passer un mois de vacances à Londres. Ayant jusqu'alors toujours vécu dans ma famille et même en province une existence assez retirée, j'étais à cette époque une jeune fille dont on peut dire qu'elle ne connaissait rien de la vie. A Londres, je rencontrai un homme qui s'appelait Rupert Sharpham. Je le trouvai charmant. Je sais aujourd'hui que je ne l'aimais pas, mais j'étais comme fascinée par lui.

– Ce sont des choses qui arrivent.

– Huit jours après, je l'épousais. Pourquoi? Dieu seul le sait! Un coup de folie, je ne vois pas d'autre explication. Quoi qu'il en soit, un après-midi à trois heures, je l'épousais et, à quatre, je reprenais le train pour rentrer à la maison. Il était entendu que nous nous retrouverions à Londres quinze jours plus tard.

Callaghan fit un geste de la main.

– Une question! Aviez-vous parlé de votre famille à Sharpham? Savait-il que vous pouviez, du jour au lendemain, devenir très riche?

– Non.

– Pourquoi ne lui aviez-vous rien dit?

– Pour une raison qui vous paraîtra sans doute bizarre. Le second mariage de ma mère avait été très malheureux. Elle était persuadée que mon beau-père ne l'avait épousée que pour son argent et cette conviction l'avait aigrie.

– Ce pourquoi vous n'avez pas parlé de votre situation personnelle à Sharpham, qui, bien qu'il vous crût sans fortune, vous a épousée?

– Exactement.

– Ensuite?

– Je ne l'ai jamais revu. Huit jours plus tard, la guerre était déclarée. Il était pilote, il fut immédiatement affecté à une escadrille de la R.A.F. Il devait être tué en 1944, quinze jours après la mort de maman.

– Vous étiez donc mariée quand votre mère est morte?

Elle répondit d'un signe de tête. Les yeux fixés sur l'extrémité rougeoyante de sa cigarette, Callaghan poursuivit :

– Il n'est pas indispensable que vous me parliez du testament. Je l'ai lu et je suis au courant. En fait, la situation est celle-ci : vous êtes entrée en possession de l'héritage maternel alors que vous n'y aviez pas droit, puisque vous étiez mariée au moment du décès de Mme Stenhurst. Votre mari est mort quinze jours plus tard, vous n'aviez jamais vécu avec lui, mais vous n'en étiez pas moins mariée.

– Oui. C'est terrible, n'est-ce pas?

– Disons que ce n'est pas très bon!

Un silence suivit.

– Je ne voudrais pas que vous me jugiez mal. C'est en 1943 que ma mère rédigea le testament dans lequel elle stipulait expressément que, si j'étais mariée au jour de sa mort, l'héritage reviendrait à Corinne, alors qu'il ne me serait attribué, à moi, qu'une rente annuelle de trois cent cinquante livres. Immédiatement après le décès de maman, dès que j'eus connaissance du testament, j'écrivis à mon mari, alors prisonnier de guerre en Italie, une lettre par laquelle je le mettais au courant, lui disant notamment que, parce que j'étais sa femme, je devrais me contenter de trois cent cinquante livres par an.

– A-t-il répondu à cette lettre?

– Non. Il ne m'a jamais écrit durant la guerre. Un mois après la mort de ma mère, j'ai appris officiellement qu'il avait été tué, après s'être évadé du camp où il était interné.

Callaghan ne put s'empêcher de faire observer que Sharpham devait être « un drôle de type ».

– A moins, ajouta-t-il, que je le calomnie...

– Que voulez-vous dire?

– Mon Dieu! qu'il savait très probablement ce qu'il faisait, le jour où il vous a épousée. J'imagine qu'il s'était renseigné, qu'il n'ignorait pas que vous étiez une riche héritière, et je suppose qu'il a dû apprendre sans plaisir que, justement parce que vous étiez sa femme, la fortune allait lui passer sous le nez! Il n'a pas dû aimer ça du tout! Voyons ce qu'il est advenu ensuite! Quinze jours après la mort de votre mère, votre mari est tué. Vous vous dites qu'après tout, puisque votre époux n'est plus, il n'y a pas de raison pour que vous n'héritiez pas de Dark Spinney. C'est bien ça?

Callaghan remarqua que les yeux de la jeune femme s'étaient emplis de larmes pendant qu'il parlait.

– Non. Evidemment. Vous pouvez croire que je n'ai songé qu'à moi et que je me suis tue à seule fin d'entrer en possession de l'héritage.

– Il ne s'agit pas de ce que je veux croire, mais de ce qui s'est passé!

– J'ai tout dit à ma tante, lui déclarant que je ne me considérais pas comme habilitée à recevoir l'héritage, lequel devrait revenir à Corinne.

– Miss Wymering a dû être très intéressée par cette révélation. Qu'a-t-elle dit?

– Elle m'a suppliée de me taire. Elle m'a fait remarquer que si j'avais bien été mariée légalement, il n'y avait eu mariage véritable, et que si mon mari avait été tué trois semaines plus tôt qu'il ne l'avait été, c'est-à-dire huit jours avant la mort de ma mère, et non quinze jours après, j'aurais eu qualité pour hériter.

– Elle n'invoquait pas d'autres raisons?

– Si! Une autre, plus sérieuse : Corinne.

– Corinne? Pourquoi?

– Corinne est une fille étrange, qui a déjà eu dans sa vie pas mal d'aventures, avec des hommes dont certains ne valaient pas grand-chose. Elle a causé mille soucis à tante Honoria, qui considérait qu'il eût été terrible que Corinne devînt maîtresse de Dark Spinney et libre de disposer de la fortune laissée par maman.

Callaghan fit remarquer que l'enfer était pavé de bonnes intentions.

– Les vôtres, ajouta-t-il, étaient excellentes et celles de miss Wymering également. Le malheur, c'est que vous avez, l'une et l'autre, agi de façon parfaitement illégale. Mise au courant de la situation, Corinne aurait le droit de parler d'usurpation...

– Non, murmura Viola. Mon histoire n'est pas terminée... L'an dernier, Corinne, un jour, vint me trouver dans un état de surexcitation chez elle tout à fait exceptionnel. Pendant la guerre, elle avait travaillé comme infirmière à Hurstmonceux, dans une maison de convalescence. Elle avait rencontré là un officier qui avait été prisonnier en Italie avec Rupert Sharpham, qui s'était évadé avec lui et qui, plus heureux que mon mari, avait réussi à gagner les lignes alliées. Il apprit à Corinne qu'il savait que j'avais épousé Sharpham, qu'il connaissait tous les détails de notre mariage et que, si je n'étais pas disposée à acheter son silence, et à le payer fort cher, les exécuteurs testamentaires de ma mère seraient informés par ses soins.

– Comment Corinne a-t-elle réagi?

– Son attitude m'a stupéfaite. Pour la première fois de sa vie, elle s'est montrée avec moi extrêmement gentille. Elle me dit que, quoi qu'il dût arriver par la suite, il fallait obtenir de cet homme qu'il se tût. Elle ne regrettait rien, l'argent lui était égal, elle considérait que je l'avais traitée avec générosité, elle avait seulement peur du scandale qui éclaterait si mon beau-père venait à être mis au courant.

– De sorte que vous avez commencé à payer?

– Oui. Et, depuis, j'ai continué. Il est devenu de plus en plus exigeant. Corinne servait d'intermédiaire. Je lui donnais l'argent, elle le lui remettait.

– La veille de la mort de mon beau-père, Corinne m'a appris que l'homme exigeait encore de l'argent. Je lui ai dit que ça ne pouvait pas continuer comme ça et que j'étais décidée à en finir et mettrais mon beau-père au courant. Le lendemain il était mort. J'annonçais alors à Corinne que j'allais tout dire à tante Honoria. Corinne ignorait que ma tante était avertie depuis longtemps. Son attitude me parut alors très étrange...

– En quoi?

– Elle m'a déclaré qu'elle s'accomodait fort bien de la situation, qu'elle ne désirait pas qu'elle changeât et que, si je parlais, elle jurerait qu'elle n'était au courant de rien et que, par conséquent, j'avais frauduleusement détourné un héritage qui aurait dû lui revenir, à elle.

Callaghan s'assit sur le bras d'un fauteuil.

– Miss Alardyse, je suis heureux que vous m'ayez dit la vérité, car j'en connaissais déjà une partie.

– *Vous?*

– Mais oui!

Tirant de sa poche la copie que Patricia lui avait apportée, il expliqua :

– La veille de sa mort, lorsqu'il téléphona à mon bureau, le colonel fit allusion à une lettre qu'il avait reçue, laquelle avait de toute évidence un rapport certain avec la discussion qu'il avait eue à table avec Corinne et vous. Cette lettre, vraisemblablement arrivée par le dernier courrier et que le colonel avait dû prendre dans le hall avant de monter à sa chambre, il se trouve que je sais ce qu'elle contenait. En voici une copie...

Viola prit la feuille de papier.

– Mon Dieu! Il savait!

– Oui. Seulement, il est mort avant d'avoir eu

le temps de parler... et il ne parlera plus maintenant !

– Mais, cette copie, comment vous l'êtes-vous procurée ?

– Le colonel était beaucoup plus fort qu'on ne pense. Après avoir vainement essayé de me joindre une *seconde* fois au téléphone, il a mis la lettre sous enveloppe et me l'a envoyée à mon bureau. Je l'ai reçue le lendemain après-midi.

– L'original se trouve donc en votre possession ?

– Il est à Londres, dans mon coffre. Au total, vous êtes plutôt en fâcheuse posture. Je ne parle pas, en ce moment-ci, de... l'usurpation d'héritage.

– Alors, de quoi ?

– Est-ce que vous ne voyez pas que, si le colonel était averti de la situation, vous aviez une raison capitale de souhaiter sa disparition ? Cela, bien entendu, *si l'on admet que vous saviez ce que contenait la lettre.*

– Mais je l'ignorais ! Comment l'aurais-je su ?

– Je vous crois, mais il n'est pas certain que les autres feront comme moi ! Il y a un tas de gens qui penseront que, cette lettre reçue, le colonel n'a rien eu de plus pressé que d'avoir un entretien *avec vous.*

Elle chancela. Callaghan la fit asseoir, alla au buffet et revint avec un petit verre de whisky, qu'il lui tendit.

– Buvez. C'est entendu, je travaille pour vous. Seulement, vous ferez ce que je vous dirai de faire. Il n'y a pas à hésiter. Il faut jouer le coup avec adresse, sinon, il faudra payer très cher à la sortie. Pour commencer, pas un mot à personne !

– Mais que va-t-il se passer?

– Des tas de choses, qui, je l'espère, répondront à mon attente. Pour *vous*, vous n'avez qu'à ne pas bouger! Naturellement, vous ne donnez plus un shilling à notre petit ami, le maître chanteur. Il fera le méchant, il menacera, ça n'a aucune importance! Si Corinne insiste et assure qu'il faut absolument lui remettre de l'argent, votre réponse est « Rien à faire! »

– Mais s'il met ses menaces à exécution? S'il parle?

– Rassurez-vous! Il ne parlera pas.

. . . .

Callaghan, le lendemain, se réveilla vers dix heures. Il alluma sa première cigarette de la journée et examina la situation.

La querelle qui s'était élevée un soir à Dark Spinney, autour de la table familiale, semblait avoir engendré toute une série d'événements qui, si l'on n'y veillait, risquaient fort de trouver leur conclusion en cours d'assises, avec M. Callaghan dans le box des accusés, en qualité de complice.

Callaghan pensa à Corinne. Une personnalité intéressante. Une très jolie fille, qui avait tout ce qu'une jeune femme peut souhaiter, mais qui n'était pas aimée des siens et, d'après Patricia, n'aimait personne. Pas heureuse elle était sans doute de ces gens qui sont avides de tout avoir, et tout de suite.

Viola, elle, n'avait pas eu de chance. Elle s'était mise dans une situation qui faisait d'elle une proie désignée pour un maître chanteur. L'amusant de l'affaire était que Corinne, apparemment frustrée de son héritage par Viola, jouait le rôle d'intermédiaire entre l'escroc et sa victime. Ce qui donnait presque à penser qu'elle n'était pas aussi mauvaise que les autres se plaisaient à la dépeindre. Ne lui eût-il pas suffi de révéler le mariage de Viola pour placer sa sœur dans une position impossible?

Callaghan sortit de son lit, quand Nikolls, non sans avoir préalablement frappé à la porte, pénétra dans la pièce.

– Salut! dit le Canadien. il n'y aurait pas moyen de boire un coup par ici? Je crois que je vais me trouver mal!

Callaghan ricana.

– Toujours ta faiblesse matinale?... Soigne-toi! Il y a une bouteille dans l'armoire.

Nikolls ne se le fit pas dire deux fois. Il se servit un bon demi-verre de whisky pur, l'engloutit d'un trait, puis déclara qu'il allait mieux.

– Alors, demanda Callaghan, où en es-tu? Elle a parlé?

Nikolls s'assit dans un fauteuil et alluma une cigarette avant de répondre.

– Oui. C'est une petite qui sait ouvrir ses mirettes. D'après elle, il se passe de drôles de choses, au Mardene.

– Que pense-t-elle de Donelly?

– En ce qui le concerne, elle est assez discrète. Elle le trouve sympathique, mais tout de même bizarre. Pourquoi? Elle n'en sait rien, mais c'est comme ça! Il a du fric, il dirige sa boîte de façon intelligente et il fait des conquêtes. Toutes ses clientes sont amoureuses de lui!

– Toutes?

– Oui, et Corinne Alardyse tout spécialement. D'après la petite, il lui dirait de se jeter d'un huitième étage, elle n'hésiterait pas.

– Les autes amies de Donelly, elle les connaît ?

– Je lui ai posé la question, mais elle n'a pas pu me répondre. Donelly est très discret, et sa main droite ignore ce que fait sa main gauche. C'est un gars qui a l'air de se donner du bon temps !

– Ta jeune amie, tu saurais où la joindre maintenant ? Elle est à son bureau ?

– Sûrement. Elle y arrive à dix heures moins le quart, pour dépouiller le courrier et vérifier les comptes de la veille. Donelly ne s'amène jamais avant midi.

– Parfait ! Appelle-la au téléphone et racontelui une histoire afin qu'elle te tape quelque chose à la machine.

– Une piste ?

– Peut-être ! J'ai vu une lettre adressée à Stenhurst. Il est possible qu'elle ait été écrite sur une machine appartenant à Donelly.

– Compris !

Cependant que Callaghan gagnait sa salle de bains, Nikolls empoignait le téléphone.

– Allô ! c'est vous, Beauté ? Comment ça va, ce matin ?... On a tout de même passé une bonne soirée, hein ?... Je sais, je sais, je suis toujours comme ça quand j'ai un peu forcé sur les liquides !... Ce n'est pas une tare ! On a le droit d'être galant. Il y a quelques années, j'étais très lié avec une comtesse italienne, qui me disait toujours... Je vous l'ai raconté hier ? Excusez-moi, je ne m'en souvenais pas !... Voici pourquoi je vous téléphone : j'ai besoin que vous me rendiez un service... Il y a à Brighton un gars qui me doit pas mal de fric. Je voudrais lui envoyer une lettre un peu sèche pour lui faire comprendre que, s'il ne se décide pas à me rembourser, je n'hésiterai pas à le poursuivre. Est-ce que ça vous ennuierait de me taper ça?... Alors, je vous donne le texte... Dans le coin, à gauche, mon adresse : Hôtel des Deux-Frères, Alfriston... Son adresse à lui : M. Willie Stevens, 1214 King Road, Brighton... Je vous dicte : « Cher monsieur Stevens, j'ai l'honneur de vous faire savoir que, si vous ne m'avez pas fait parvenir avant jeudi prochain les trente-sept livres que vous m'avez empruntées en juin, je confierai à mes hommes d'affaires le soin de recouvrer le montant de cette dette par tous les moyens légaux. Veuillez agréer, etc. » Vous me tapez ça, vous faites l'enveloppe... Et vous seriez un amour de venir déposer ça ici cet après-midi, afin que je puisse signer la lettre ce soir et la faire partir tout de suite... Vous voulez bien?... Vous êtes un ange!... Merci, Beauté, et à très, très bientôt!

Nikolls passa dans la salle de bains pour « rendre compte. »

– Parfait! dit Callaghan. Tu vas grimper dans ta voiture et filer à Londres. Tu verras Frane, John Elliot, Stevens et Lullworth, s'il est là.

– Qu'est-ce que tu leur veux?

– Tu vas le savoir! Le 23 août 1939, Viola Alardyse épousait à Kensington un certain Rupert Sharpham... Huit jours plus tard, Sharpham rejoignait en qualité de pilote une escadrille de la R.A.F. Fait prisonnier, il devait se faire tuer en Italie, en 44, au cours d'une tentative d'évasion. Il faut que France, Elliot, Stevens et Lullworth, s'il est disponible, me réunissent aussi rapidement que possible tout ce qu'ils pourront trouver sur ce Sharpham. Qu'ils dépensent l'argent qu'il faudra, mais qu'ils fassent vite!

– Compris!

– Quant à toi, tu iras trouver Aynesworth, qui a ses petites et ses grandes entrées au ministère de l'Air. Il faut qu'il voie le dossier de Sharpham et que tu me rapportes copie de ses états de service.

– Entendu. Seulement, la petite...

– Ne t'inquiète pas! Tu la retrouveras au retour. File!

Nikolls parti, Callaghan enfila une robe de chambre, alluma une cigarette et regagna sa chambre à coucher. Il songeait à Sharpham.

Quel homme était-il, ce Sharpham? Et d'abord, aimait-il Viola Alardysse? On pouvait fort bien l'admettre. Mais il se pouvait aussi que Sharpham eût été au courant de sa situation et de la fortune qui devait lui revenir un jour. Il ne fallait pas perdre de vue qu'il ne pouvait riens avoir du testament, très postérieur à son mariage, qu'il ne pouvait surtout pas prévoir que sa condition même de femme mariée allait réduire à une maigre somme de trois cent cinquante livres les revenus annuels de Viola.

Callaghan en était là de ses réflexions quand le téléphone sonna. Il décrocha le récepteur et sourit en reconnaissant la voix joyeuse de Patricia.

– Bonjour Slim! Vous avez des instructions pour aujourd'hui?

– Bonjour, madame X...! Comment allons-nous ce matin?

– On ne peut mieux, Slim! Je trouve que la vie est quelque chose d'épatant.

– Quoi de neuf à Dark Spinney?

– Je n'ai pas grand-chose à vous apprendre, sinon que j'ai l'impression que vous intéressez vivement Corinne...

– Sans blague? Qu'est-ce qui vous fait croire ça?

– Ce matin, elle m'a longuement parlé de vous. Pour une fois, elle a été très gentille avec moi. Elle sait que vous avez vu le corps de Gervase et il m'a semblé qu'elle se demandait pourquoi vous n'étiez pas rentré à Londres.

– Simple curiosité, peut-être.

– Je ne crois pas et j'ai comme une idée qu'elle serait très désireuse de vous voir. Elle sait que vous êtes aux Deux-Frères et, comme elle avait l'air de chercher à savoir à quoi vous occupiez vos journées, je me suis dit que je pouvais risquer une suggestion, pour le cas où elle aurait vraiment envie de vous parler. J'ai dit que je croyais savoir que, tous les matins, vous alliez vous promener sur la route de Hurstmonceux pour aller prendre l'apéritif, vers midi, à l'auberge de la Couronne. Si elle tient à vous voir, elle y sera!

– C'est une très brillante idée que vous avez eue là, Patricia!

– Seulement, reprit-elle, attention! Si vous avez une conversation avec elle, *soyez prudent*!

– Rassurez-vous! Je serai très prudent.

– Soyez sur vos gardes! Elle est extrêmement forte, rusée comme un singe et, avec ça, très, très jolie! Quand elle se met dans la tête de faire du charme à quelqu'un, elle devient très redoutable.

– Merci de m'avoir prévenu. Je me méfierai. A propos, comment va miss Wymering?

– Très bien, autant que je sache. En somme, la maison est calme.

– C'est ce qu'il faut. Savez-vous ce que fait Corinne, cet après-midi?

– A moins d'extraordinaire, elle fera comme tous les jours. Elle prendra sa voiture pour aller à Brighton où à Eastbourne, et on ne la reverra que vers l'heure du dîner.

– Très bien. Si elle sort en voiture cet après-midi, voulez-vous vous assurer que la petite porte verte n'est pas fermée à clé, afin que je puisse entrer par là?

– Entendu, Slim! Est-ce que je vous verrai?

– Je n'en sais rien! Dans la soirée, peut-être. En tout cas, je compte sur vous pour la porte?

– Soyez tranquille! Au revoir, Slim!

– Au revoir!

. . . .

Il était un peu plus de midi quand Callaghan, quittant la grande route, s'engagea sur le chemin défoncé qui conduisait à l'auberge de la Couronne.

Il se demandait si Patricia avait deviné juste.

Il entra dans le bar de l'auberge, une vaste salle, sombre et basse de plafond, s'approcha du comptoir, se fit servir un double whisky, puis, son verre à la main, se dirigea vers la fenêtre.

– Bonjour, monsieur Callaghan!

La voix était très douce, avec des inflexions harmonieuses. Un timbre sympathique.

Il tourna la tête et aperçut Corinne, à demi cachée par le montant latéral du banc de bois à l'ancienne mode sur lequel elle était assise. Elle levait vers lui un visage d'un ovale ravissant. Callaghan la trouva étonnament jolie.

– Bonjour, miss Alardyse! Je suis ravi de vous rencontrer. En fait, j'avais grande envie de vous voir!

– Vraiment? Et pourquoi?

– Simplement, miss Alardyse, parce qu'on m'avait dit que vous étiez extrêmement jolie. Je constate qu'on ne m'avait pas menti et qu'on était plutôt resté en dessous de la vérité.

Elle se mit à rire, posant sur lui un regard qui était une caresse.

– Vous êtes très gentil! Asseyez-vous et buvez votre verre près de moi!

– Avec joie.

Il s'installa près d'elle et lui offrit une cigarette. Elle prit du feu à la flamme du briquet qu'il lui présentait et dit :

– Je suis très contente que vous soyez venu ici ce matin, car, depuis que je vous sais à Alfriston, je désire vous parler. A condition, bien entendu, que cela ne vous ennuie pas.

– En voilà une idée! Pourquoi voulez-vous que cela m'ennuie?

– Mon Dieu, parce que je me demandais si vous ne travailliez pas déjà pour la famille! S'il n'en est rien et si vous n'êtes pas trop pris, peut-être accepteriez-vous de faire quelque chose pour moi?

– De quoi s'agirait-il?

Elle se tourna brusquement vers lui, comme quelqu'un qui vient de prendre une décision soudaine, et, posant sa petite main sur la sienne, reprit :

– Monsieur Callaghan, vous m'êtes *sympathique* et je vous fais *confiance*. On prétend que je suis impulsive et que je conclus toujours trop vite. C'est peut-être vrai. Mais, en ce qui vous concerne, vous, je suis sûre que je me trompe pas.

– C'est très aimable à vous! Pourtant, avant de

vous laisser aller plus loin, il est une petite chose que je voudrais vous dire. Un vieux proverbe assure qu'il ne faut jamais mentir ni à son médecin, ni à son avoué. Il en va de même, à mon avis, quand on parle à un détective privé.

– Comment me serait-il possible de vous mentir, *à vous*?

Callaghan se disait que Corinne jouait très adroitement sa partie. En quelques minutes, elle lui avait donné à comprendre qu'il était l'homme qu'elle attendait depuis longtemps. Un autre s'y serait peut-être laissé prendre.

– Naturellement, je vous demanderai le secret. Je désire que vous fassiez quelque chose pour moi. Est-ce difficile ou non? Je l'ignore, mais je suis certaine que vous trouverez un moyen de le faire. Vous ne vous froisserez pas, je l'espère, si j'ajoute que vous serez très bien payé.

– Je n'y verrais, quant à moi, aucun inconvénient. Seulement, il faut que le travail me plaise!

– Vous n'ignorez pas, je pense, que, la veille de la mort de mon beau-père, le soir où il téléphona à votre bureau, nous avions eu à table une scène fort désagréable. Le colonel Stenhurst était un homme de l'ancien temps, avec, j'en ai peur, des idées parfois ridicules. Il s'était fourré dans la tête que, ma sœur Viola et moi, nous nous tenions très mal et que nous fréquentions certaines gens que nous n'aurions pas dû voir.

– J'ai vaguement entendu parler de ça!

– Ce soir-là, mon beau-père s'est comporté comme un parfait imbécile. Il est allé jusqu'à nous menacer, Viola et moi, de nous faire surveiller. Après le dîner, alors qu'il avait regagné sa chambre, je me trouvais dans le hall quand j'entendis grelotter doucement le téléphone. J'en conclus que, du poste secondaire installé chez lui, il téléphonait à quelqu'un *à propos de nous*, et très probablement à un détective. Je ne me trompais pas : il était en communication avec votre bureau.

– Comment le savez-vous?

– Parce que j'ai décroché le récepteur du hall pour écouter la conversation. Il parlait à un de vos assistants, qui lui disait qu'il pourrait essayer de vous joindre ailleurs, un peu plus tard dans la soirée. Mais, où il m'a intringuée, c'est quand il a fait allusion à une lettre qu'il semblait avoir reçue.

Elle se leva, prit les verres vides, alla au comptoir et revint bientôt.

– Voilà. J'ai pris pour moi un double Martini, et, pour vous, un double whisky... D'autre part, j'aimerais bien que vous m'appeliez Corinne et que vous me fassiez connaître votre prénom.

– Entendu, Corinne! Je m'appelle Slim.

– Slim!... C'est charmant... Donc, Slim, je continue! Cette lettre me préoccupait et je vais vous expliquer pourquoi. Généralement, le courrier arrive bien avant le dîner et nous trouvons nos lettres dans nos chambres quand nous nous habillons pour descendre à table. Ce soir-là, le facteur étant passé plus tard que d'habitude, Sallins, le maître d'hôtel, avait déposé le courrier dans le hall et, cette lettre dont il venait de parler, mon beau-père avait dû la trouver dans le plateau, juste avant de monter chez lui. Sans doute était-elle pour quelque chose dans la décision qu'il avait prise de vous téléphoner. C'était à cause d'elle qu'il mettait ses menaces à exécution. Vous me suivez?

– Très bien!

– Forte de cette conviction, je me dis qu'il ne fallait pas que mon beau-père vît un détective aussi longtemps que je ne saurais pas ce que contenait cette lettre, dont j'étais sûre qu'elle nous concernait, Viola et moi. Cette idée, je me félicite de l'avoir eue.

D'un ton pénétré, elle ajouta :

– Surtout pour Viola!

– Savez-vous, Corinne, que vous m'intéressez *énormément*?

– La première chose à faire, c'était d'empêcher le colonel de vous appeler de nouveau dans la soirée. Alors, j'ai encore fait quelque chose de très mal : j'ai coupé les fils du téléphone. Ensuite, je me suis trouvée mieux...

– Parce que cela vous donnait le temps de réfléchir?

– Exactement!

Sans paraître attacher à la question autrement d'importance, il demanda :

– Vous n'avez pas pris d'autres dispositions pour empêcher votre beau-père de me toucher ce soir-là?

Elle tourna vers lui un visage surpris.

– Qu'aurais-je *pu* faire, Slim? Le téléphone était coupé. Il n'y avait rien à faire d'autre. Il me *fallait* voir cette lettre! J'ai attendu, et, très tard, la maison endormie, je me suis glissée dans son bureau, où Gervase était revenu un instant dans la soirée. La lettre était là, sur sa table, dans le panier du courrier. Je l'ai lue et elle m'a donné *un tel choc* que, pendant un bon moment, je suis restée incapable de bouger!

– Elle était si terrible que ça?

– Plus que vous ne pouvez l'imaginer, Slim! Je

ne sais si vous êtes au courant des dispositions testamentaires de ma mère. Elles précisent que sa fortune ne saurait aller à une de ses filles qu'à condition que celle-ci ne soit pas mariée. Naturellement, l'héritière venant en première ligne, c'était Viola, l'aînée. Or, on l'ignorait, elle était mariée?

– Elle était mariée?

– C'est, du moins, ce que la lettre affirmait. Signée « un ami de la famille », elle disait que Viola s'était mariée en 1939 et que, par conséquent, en acceptant l'héritage, elle m'avait dépouillée d'une fortune qui légalement aurait dû me revenir.

Callaghan fit la moue.

– Pas très joli!

– N'est-ce pas?... Le fait révélait, chez Viola, une duplicité fâcheuse et je m'explique très bien la colère qui s'empara de Gervase à la lecture de cette lettre. De même, je comprends pourquoi il avait tenu, sans plus attendre, à se mettre en rapport avec un détective.

– Pourquoi?

Corinne se rapprocha de Callaghan et, baissant la voix, répondit :

– Mon beau-père, c'est évident, s'est tout de suite demandé *qui* avait écrit cette lettre. Pensant au scandale qui éclaterait si la chose venait à se savoir, à supposer bien entendu qu'elle fût vraie, sa première idée a été de recourir à quelqu'un qui ferait les recherches nécessaires, aussi bien pour vérifier la réalité de ce mariage que pour identifier l'auteur de la lettre.

– En quoi ça l'aurait-il avancé? Qu'est-ce qu'il aurait pu faire?

– Je n'en sais rien. Mais, connaissant Gervase

et sachant son *horreur* du scandale, je pense qu'il aurait essayé d'acheter le silence du monsieur.

– Peut-être! Seulement, ce n'aurait pas été sans risques! Détester le scandale, c'est une chose, se faire complice d'un détournement d'héritage, c'en est une autre. Car, si Viola était vraiment mariée, c'était à vous que l'héritage devait revenir!

– Mais Slim, l'héritage, *ça m'est égal*! J'adore ma sœur et je n'aurais certainement jamais rien dit. Les choses étaient très bien comme elles étaient et je me trouvais très heureuse comme ça!

– Naturellement, *vous*, vous n'avez jamais soupçonné le mariage de votre sœur?

– Jamais, Slim! Donc, la lettre lue, je la remis où je l'avais prise et j'allai me coucher. J'étais dans un état épouvantable et si ennuyée pour Viola que je ne savais vraiment que faire.

– Vous ne lui avez pas parlé?

– J'ai jugé qu'il était préférable de n'en rien faire. Si l'auteur de la lettre avait inventé cette histoire, on pouvait fort bien laisser ignorer l'incident à Viola. S'il disait vrai, rien ne pressait. Puisque Viola n'avait jamais cessé de vivre avec nous à Dark Spinney, il y avait certainement, entre son mari et elle, quelque chose qui clochait. Pourquoi ajouter à ses tracas?

– Et le lendemain, le colonel s'est tué.

Le visage de Corinne se rembrunit.

– Pour moi, l'épreuve a été terrible. Tout ce qui, de près ou de loin, ressemblait à un scandale, lui faisait horreur, il n'a pas eu le courage d'affronter toutes les vilaines choses qu'il prévoyait et il a préféré en finir. Pauvre Gervase!

– Ensuite?

– Mon beau-père mort, je voulus sauver Viola. Gervase n'ayant pas pu se mettre en relation avec vous, puisque j'avais coupé les fils du téléphone, personne n'était au courant de rien. Je retournai dans son bureau. Par bonheur, la lettre était toujours là. Je la pris et je l'ai toujours. Personne, absolument personne, ne sait rien de cette histoire.

– Hormis vous, Corinne, et l'auteur de la lettre.

– C'est juste, Slim, et c'est ici que j'ai besoin de votre aide! Je vous en supplie, Slim, venez à mon secours!

Elle était tout contre lui et Callaghan respirait son parfum.

– Qu'attendez-vous de moi?

– Voici... La lettre, je vous l'ai apportée. Elle est tapée à la machine et c'est à Brighton qu'on l'a mise à la poste. Je voudrais que vous trouviez celui qui l'a écrite. Quand nous le connaîtrons, nous interviendrons pour qu'il laisse Viola tranquille. Elle sera *sauvée*!

– Vous n'avez pas la moindre idée, Corinne, sur l'auteur possible de cette lettre?

– Non... Pourtant, je risquerais bien une supposition. Il y a un homme qui dirige, près de Brighton, une « boîte », le Mardene Club. Il s'appelle Lucien Donelly, je ne l'ai vu que deux ou trois fois, quand je suis allée là-bas avec Viola, mais j'ai eu l'impression que c'était un individu dangereux. Dès que j'ai eu jeté un coup d'œil sur cette lettre, j'ai pensé à lui. Son image m'a sauté aux yeux... Croyez-vous, Slim, que ça signifie quelque chose ou est-ce que je suis tout bonnement idiote?

– On ne sait jamais, Corinne. On peut commencer les recherches par là. Qu'est-ce qu'on risque?... Vous avez la lettre?

Elle la tira de la poche de son manteau et la lui remit. Il la lut et la rangea dans son portefeuille.

– La seule chose à faire, c'est d'examiner d'un peu près les machines qui peuvent être en service au Mardene Club. C'est faisable, mais ça peut présenter des difficultés.

– Je suis sûre que vous en viendrez à bout, Slim! J'en suis sûre. Et, si j'ai deviné juste, nous interviendrons.

– Comment?

– Nous trouverons quelque chose.

Elle se levait.

– Maintenant, Slim, je m'en vais. Si vous avez besoin de me joindre, appelez-moi à Dark Spinney et dites que vous êtes Vones, de Brighton. C'est un magasin dont je suis cliente.

– Entendu! Je ferai de mon mieux et je vous tiendrai au courant.

– Merci, Slim! Trouvez ce que je vous demande et je saurai vous prouver ma reconnaissance!

Elle prit dans sa poche une enveloppe qu'elle lui tendit.

– Ceci, Slim, c'est pour vos frais! Si ça ne suffit pas, vous me faites signe. Au revoir, *mon cher* Slim!

Elle sortit là-dessus. Quelques secondes plus tard, il entendait sa voiture démarrer et ouvrit l'enveloppe que Corinne venait de lui remettre. Elle contenait quinze billets de cinq livres.

Callaghan fit la grimace et murmura :

– Drôle d'aventure!

CHAPITRE VI

Callaghan suivait à pied la route conduisant à Dark Spinney. L'après-midi était magnifique. Mais il ne suffit pas que le soleil brille, que les oiseaux chantent et que le paysage soit aimable pour que les embêtements disparaissent de la surface du globe. Les hôtes de Dark Spinney avaient des ennuis, lesquels allaient se compliquer encore, *il ne pouvait pas en être autrement.*

Le détective songeait surtout à l'auteur de la lettre. Ce message, pourquoi l'avait-il envoyé? Evidemment, parce qu'il voulait *mettre quelque chose en train,* créer des difficultés à quelqu'un, à Viola Alardyse pour préciser. Qu'allait-il faire maintenant?

Pour commencer, il – ou elle – avait attendu pour voir comment les événements allaient se développer, du fait de la mort du colonel. Bientôt, il – ou elle – comprendrait, si ce n'était déjà fait, que, contrairement à son espoir, la lettre n'avait pas été trouvée dans les papiers du défunt. Il – ou elle – se verrait donc dans l'obligation de tenter autre chose. Stenhurst disparu, il lui faudrait agir sur quelqu'un d'autre. Sur qui?

Il se mit à penser à Donelly. Entre Corinne et lui, il y avait quelque chose. La petite amie de Nikolls assurait que la jeune femme était folle de lui. Pourtant, elle avait l'air de le soupçonner d'être l'auteur de la lettre anonyme et désirait avoir là-dessus une certitude. A quoi pourrait-elle lui servir? Que pourrait-elle faire, *elle,* si la lettre avait vraiment été écrite par Donelly?

Cette denrière question amena Callaghan à se préoccuper du mobile qui, s'il était l'auteur de la lettre, avait pu pousser Donelly. Une seule réponse lui semblait acceptable : Donelly essayait de dépouiller Viola de sa fortune pour qu'elle revînt à Corinne. Quel avantage y trouverait-il, *lui*? Callaghan haussa les épaules et conclut qu'il était très joli de raisonner, que les hypothèses avaient parfois leur utilité, mais que l'on n'obtenait de résultats que par l'action.

Slim pénétra dans la propriété par la petite porte verte, qui n'était pas fermée à clé, et se dirigea vers la maison. Viola en sortait comme il y arrivait. Il la salua.

– Il fait un temps splendide et je suis ravi de vous rencontrer. J'ai à vous parler!

– Moi aussi! répondit-elle. J'ai bien réfléchi et je me demande s'il n'est pas temps que nous fassions quelque chose...

– Par exemple?

– Vous m'avez dit qu'il était possible que je sois soupçonnée d'avoir tué mon beau-père. Cela, bien entendu, à cause du testament. Il aurait découvert que j'étais mariée, nous nous serions disputés et je l'aurais assassiné. C'est bien ça?

– Effectivement, c'est bien ça! L'ennui, c'est qu'il m'est impossbile de prouver que je n'ai pas vu Gervase. Comme je vous l'ai dit, je me sentais très malheureuse et je suis allée me promener dans les bois. Je n'ai rencontré personne. *Je sais* que je n'ai pas vu mon beau-père, mais on n'est pas forcé de me croire sur parole et, en fait, *je pourrais* très bien l'avoir tué et avoir eu, en apparence du moins, une excellente raison de le faire.

– A quoi bon vous demander si vous aviez ou non un mobile de tuer votre beau-père ? Quelqu'un l'a tué, et ce n'est pas vous ! Si vous pensiez à autre chose ?

– Vous me redonnez du courage.

Ils marchèrent un instant sans mot dire, puis elle reprit :

– Vous vouliez me demander quelque chose ?

– Oui. Avez-vous revu M. Gringall ? A-t-il recommencé à poser des questions aux uns et aux autres et, d'une façon générale, la police est-elle revenue par ici ?

Elle secoua la tête.

– Tout ce que je sais, c'est que l'enquête a été renvoyée encore une fois. Je me demande pourquoi...

Callaghan, lui, le devinait. Gringall n'était pas satisfait du résultat de ses investigations et il s'accordait des délais.

– La chose n'a rien d'inquiétant. Rien du tout ! Où pourrais-je trouver Sallins ? Il faudrait que je lui parle.

– Il doit être dans sa chambre. Vous descendez l'escalier qui est à droite dans le hall. En bas, à gauche, il y a une porte. C'est la sienne. Je pense qu'il est chez lui en ce moment.

– Je vais aller le voir. Merci... et à bientôt !

Callaghan adressa un dernier sourire à Viola et s'en fut vers la maison. Il alla directement à la chambre de Sallins. Le vieux maître d'hôtel était étendu sur son lit. Il avait l'air très fatigué.

– Ne vous dérangez pas! lui dit Callaghan en entrant. Restez allongé! Vous semblez avoir besoin de repos...

– Ma foi, Monsieur, je dois avouer que je suis terriblement las... et terriblement ennuyé. Toute cette histoire, n'est-ce pas?

– J'imagine que vous avez eu affaire aux policiers?

– Je dois reconnaître, Monsieur, qu'ils ont été avec moi très aimables et très polis. J'ai bien peur, d'ailleurs, de ne pas leur avoir été d'un grand secours, car je n'avais que bien peu de choses à leur dire...

– Vous ne vous doutez pas, Sallins, de tout ce qu'on peut apprendre à un policier sans même s'en apercevoir! Comment avez-vous trouvé Gringall?

– C'est un homme charmant et très bien élevé. J'ai l'impression qu'il pense que le colonel s'est donné la mort. Evidemment, Monsieur, c'est terrible, mais j'aime mieux penser qu'il s'est suicidé que de me dire qu'on l'a assassiné!

Callaghan approuva du chef. Que Gringall crût au suicide de Stenhurst, c'était un point sur lequel il ne se faisait pas d'illusions. Ce qu'il eût aimé savoir, c'était dans quelle mesure il avait « fait marcher » le vieux maître d'hôtel et ce que Sallins, abusé par la gentillesse du policier, avait pu lui raconter.

– Sallins, je voudrais vous poser une question. Quand vous êtes revenu à la maison, tout de suite après avoir découvert le corps et m'avoir rencontré, avez-vous téléphoné immédiatement, ou, avant de le faire, avez-vous parlé à quelqu'un?

– J'ai appris la nouvelle à Miss Wymering. J'étais dans le hall, prêt à décrocher l'appareil, quand je l'ai aperçue en haut de l'escalier. Je me suis avancé au bas des marches et j'ai prévenu Miss Wymering, qui m'a dit qu'elle allait tout de suite se rendre au pavillon. Ensuite, j'ai appelé la police.

– Comment se fait-il que je n'aie pas vu Miss Wymering? J'aurais dû la rencontrer.

– C'est probablement, Monsieur, parce qu'elle est sortie par le derrière de la maison. Elle aura pris un autre sentier que celui que vous suiviez...

– Sans doute...

Callaghan remercia le vieux maître d'hôtel et se retira. Il traversait le hall pour regagner le jardin quand, du haut de l'escalier, on l'appela. Il se retourna. Patricia, très jolie dans une petite robe de toile toute simple, était debout sur le palier.

– Bonjour, Patricia! Venez un peu ici, j'ai des choses à vous dire!

Elle descendit l'escalier.

– Vous êtes *un chic type*, Slim! Pour vous, je ferais n'importe quoi!

– Alors, vous allez m'apprendre si les policiers qui vous ont interrogée vous ont demandé si vous avez vu Viola, le soir de la mort de votre beau-père.

– Ils m'ont terriblement déçue. Ils ne m'ont pour ainsi dire rien demandé. Ils n'ont pas plus fait attention à moi que si j'avais été l'idiote du village!

– Dans la maison, y a-t-il une fenêtre d'où l'on

peut apercevoir le sentier qui est de l'autre côté de la petite porte verte, celui qui mène vers les bois où nous nous sommes rencontrés pour la première fois?

– On le voit très bien de ma chambre.

– Parfait! Alors, vous vous souviendrez que, ce soir-là, vous avez aperçu Viola qui montait vers les bois. Il pouvait être sept heures un quart ou sept heures et demie. Vous m'avez bien compris?

– Très bien, Slim! J'étais à ma fenêtre, vers sept heures et quart, sept heures vingt, quand j'ai vu Viola qui franchissait la petite porte verte et s'en allait par le sentier qui grimpe vers les bois.

– Autre chose! Il faut que je vous remercie pour le tuyau, à propos de Corinne. Je l'ai vue et nous avons eu une petite conversation très intéressante.

– Non? Je suppose qu'elle vous a fait du charme et qu'elle a été très forte?

– Je l'ignore. Tout ce que je sais, c'est que je travaille pour elle.

– Qu'est-ce que vous connaissez comme trucs! s'écria la jeune fille avec admiration. Alors, vous travaillez pour elle aussi?

– Oui. Comprenez-moi bien, Patricia! Ça m'ennuie de manœuvrer dans le dos de Viola, mais je n'ai pas le choix. Si je la mettais carrément au courant de mes intentions, je ne suis pas très sûr que, nerveuse comme elle l'est actuellement, elle ne gâcherait pas tout!

– C'est bien possible! Qu'est-ce que vous voulez que je fasse?

– Vous connaissez sa banque?

– Oui.

– Il ne vous est jamais arrivé d'aller y encaisser des chèques pour elle?

– Si, très souvent!

– Bien! Alors, voici ce que vous pourriez essayer. Demain matin, vous passeriez à la banque et vous expliqueriez au caissier que Viola croit avoir perdu un certain nombre de billets qu'il lui avait été remis ces temps derniers et qu'elle serait heureuse de connaître les numéros, si la chose est possible. Il les aura certainement et vous les donnera. Naturellement, il serait préférable que Viola ne sût rien de tout cela...

– Elle n'en saura rien et le caissier, un brave type que je connais bien, ne sera pas surpris du tout de ma démarche.

– Quand vous aurez les numéros des billets, reprit Callaghan, vous me les mettez sous enveloppe et vous déposez le pli aux Deux-Frères. Si je pouvais l'avoir demain à midi, ce serait parfait. Mais, pour l'amour de Dieu, pas de blagues!

– Comptez sur moi, patron! Vous serez content.

– Merci. Patricia! Sans vous, je ne sais pas comment je m'en tirerais! Je me sauve, mais je vous reverrrai bientôt!

. . . .

Il était six heures du soir. Assis dans le bar désert des Deux-Frères, Callaghan pensait à ce qu'il avait remarqué sur la table de chevet de Sallins : un crayon et une feuille de papier écolier. Il en était sûr, c'était Gringall qui les avait laissés là. C'était son système. Il ne bousculait pas ses témoins, il leur donnait tout le temps de réfléchir et, quand il les quittait, il lui arrivait de leur laisser un crayon et un bout de papier, sur lequel il les invitait à noter, si elle leur venait, la réponse à la question qu'il leur avait posée. Il avait dû interroger Sallins sur un point précis et le brave maître d'hôtel essayait de se souvenir...

Callaghan vida son verre, se leva et suivit le long corridor lambrissé de chêne qui menait au vestibule. Au pied de l'escalier, dans le plateau où l'on déposait le courrier, il trouva une lettre adressée à Nikolls et un télégramme à lui destiné. Il les prit et monta à sa chambre.

Il ouvrit d'abord la lettre de Nikolls. C'était celle dont le Canadien avait dicté le texte à sa petite camarade du Mardene Club. Dès le premier coup d'œil, Callaghan fut renseigné : aucun doute n'était possible, la lettre anonyme avait bien été tapée sur la même machine. *Elle était donc bien de Donelly.*

Callaghan alluma une cigarette et fit sauter la bande du télégramme. Signé de Nikolls, il lui apportait quelques renseignements précieux :

John Elliot a dégotté des tuyaux stop Sharpham a été impliqué début 1939 dans une sale histoire avec une vieille dame qu'il avait soulagée d'un gentil matelas stop Sharpham élégant bel homme beaucoup de charme assez coureur nombreux succès féminins stop arrivait de Cape Town Afrique du Sud où avait un temps travaillé comme professeur de danse au Rosehill Dance Hall stop débarqué Angleterre 1938 avec argent origine inconnue s'occupe aviation et passe fin 1938 brevet pilote civil personne jamais su pourquoi stop informations relatives mariage notre cliente confirmées stop Aynesworth poursuit enquête ministère Air concer-

nant services etc. stop reste ici attendant tuyaux que pense apporter demain Nikolls.

Callaghan, se mit à arpenter sa chambre de long en large. Sharpham, la chose ne le surprenait pas autrement, était un aventurier. Que Viola fût tombé dans ses rets, il ne fallait pas s'en étonner.

Interrompant sa promenade, Callaghan s'assit sur son lit et, décrochant le téléphone, appela son bureau. Il eut Effie au bout du fil.

– Comment ça va, Effie?

– Très bien, Monsieur Callaghan, je vous remercie. J'espère qu'il en est de même pour vous!

– Ça peut aller! Là-dessus, Effie, emparez-vous de votre bloc et prenez note!

– Allez-y, Monsieur Callaghan, je vous écoute!

– Vous allez téléphoner, Effie, à Cape Town, Afrique du Sud. Vous demanderez une communication prioritaire pour affaires, de sorte que vous ne devriez pas avoir plus de trois ou quatre heures d'attente. Vous téléphonerez à John Friquet, détective privé, Manzanilla, Cape Town. Procurez-vous son numéro d'appel. Vous lui parlerez personnellement ou, s'il n'est pas chez lui, à sa femme, Eleanor. Dites-lui qu'il me faut d'urgence tous les renseignements possibles sur un certain Rupert Sharpham, qui, en 1938, et peut-être un peu avant, était professeur de danse, à Cape Town, dans une boîte appelée le Rosehill Dance Hall. Dites à Friquet qu'il peut engager tous les frais nécessaires et rappelez-lui qu'il est mon débiteur du fait de quelque chose qu'il ne peut pas avoir oublié. Dites-lui de faire vite et ajoutez que vous attendez son coup de téléphone. Vous avez pris note?

– Oui, Monsieur Callaghan. Je demande la communication tout de suite!

– Entendu, Effie! Au revoir!

Callaghan remit l'appareil en place, et reprit sa promenade. Un quart d'heure passa. Il était si absorbé dans ses réflexions qu'il n'entendit pas qu'on frappait discrètement à sa porte et qu'il fut tout surpris de découvrir, debout sur le seuil, l'inspecteur-chef Gringall, qui, son chapeau de feutre à la main, attendait en souriant qu'il voulût bien s'apercevoir de sa présence.

– Gringall! En voilà une surprise! Entrez et dites-moi en quoi je peux vous être agréable?

Gringall obéit, posa son chapeau sur la table et s'installa dans le fauteuil que Callaghan lui désignait d'un geste de la main.

– Mon cher Slim, je ne sais pas trop si vous pouvez quelque chose pour moi en la circonstance, mais j'ai pensé que peut-être...

– Vous avez bien fait, Gringall! Vous me connaissez assez pour savoir que je ne demande qu'à vous rendre service. De quoi s'agit-il?

– Je me heurte à quelques petites difficultés que vous pourriez peut-être m'aider à élucider. J'ai un témoin, Sallins, le maître d'hôtel de Dark Spinney. Malheureusement, il est vieux, toute cette histoire l'a bouleversé, je n'ai pas voulu le bousculer et, si je l'ai interrogé, je lui ai laissé tout le temps de réfléchir.

– Je vous reconnais bien là!

– Je lui ai montré une des photos prises par nous après la découverte du corps. Elle l'a beaucoup surpris.

– Pourquoi?

– Il commence à s'en souvenir. Il y a, entre cette photo et ce qu'il avait vu, lui, certaines différences.

– Tiens!

– Le corps, quand nous l'avons photographié, n'était plus dans la même position que lorsqu'il l'avait découvert. C'est une chose. Il y en a d'autres. Il a été très étonné de voir dans la main du colonel un mouchoir, dont il est sûr qu'il ne s'y trouvait pas auparavant, très étonné aussi de ne pas apercevoir sur la photo un autre mouchoir, qui, celui-là, était sous le cadavre ou tout à côté. Enfin, il prétend que le pistolet était beaucoup plus loin du corps qu'il ne semble d'après la photo.

– Vous êtes sûr de tout ça?

– Assez... et ça m'ennuie un peu pour votre cliente!

– Pourquoi donc?

– Sallins trouve le corps. Il revient vers la maison quand il vous rencontre. Il vous met au courant et, tandis que vous allez jeter un coup d'œil sur le cadavre, il va téléphoner. Dans le hall, il aperçoit Miss Wymering en haut de l'escalier. Il l'informe de ce qui s'est passé, elle sort par-derrière et se rend au pavillon. Peu après, la police locale arrive et personne n'approchera plus du corps avant votre venue. Il me semble que la conclusion s'impose.

– Laquelle?

– Elle me paraît évidente! Pour une raison que nous ne connaissons pas, Miss Wymering a changé le pistolet de place, enlevé le mouchoir que Sallins pense avoir vu à côté du corps et mis le second mouchoir dans la main du mort. J'incrimine Miss Wymering parce que je n'ai le choix qu'entre elle et vous et que je ne vois pas pourquoi vous auriez fait tout ça!

– D'accord! Mais pourquoi l'aurait-elle fait, *elle*?

– C'est justement ce que je voudrais savoir! Je suis convaincu que Miss Wymering n'est pour rien dans la mort du colonel. Mais qui nous dit qu'elle ne voulait pas *protéger quelqu'un*?

– Qui aurait-elle voulu protéger et pourquoi?

Gringall tira de sa poche une blague à tabac en caoutchouc et une courte pipe de bruyère, qu'il bourra sans se presser.

– Evidemment, Slim, je ne vous ai pas tout dit. Il y a dans cette affaire, deux ou trois petites choses que vous ignorez. Vous n'avez pas parlé au colonel, n'est-ce pas?

– Non. Ainsi que je vous l'ai expliqué, je n'en ai pas eu la possibilité.

– Bien! Il semble que, lorsqu'il vous a appelé, Stenhurst était terriblement ennuyé. A l'origine, si mes renseignements sont exacts, c'est d'un incident sans grande importance qu'il voulait vous entretenir. Mais j'ai des raisons de penser qu'entre le moment où il a quitté la table et celui où il a empoigné son téléphone il a reçu une lettre.

– Une lettre?

– Une lettre anonyme, qui lui apprenait des choses qui l'ont consterné et dont je pense qu'il avait sur-le-champ décidé de vous parler.

– Vous m'intriguez, Gringall. Qu'est-ce qu'il pouvait y avoir dans cette lettre?

– Je puis vous le dire, car je suis au courant.

– Vous le savez?

– L'auteur de cette lettre anonyme a dû être fâché de la mort du colonel, qui, sans doute, bouleversait ses plans. Alors, il m'en a envoyé une copie.

Gringall alluma sa pipe et poursuivit :

– La lettre en question annonçait à Stenhurst que Viola Alardyse s'est mariée en 1939 et qu'en conséquence elle n'avait aucun droit à la succession de sa mère, qui lui est revenue, ainsi que vous le savez. C'est tout.

– J'imagine qu'il s'agit là de l'invention d'un mauvais plaisant. Un type qui se croit drôle et qui se figure...

– Non. J'ai fait vérifier l'information. Elle est exacte. C'est assez embêtant, hein?

– Oui.

Après quelques secondes Callaghan ajouta :

– Encore que tout cela n'ait rien à voir avec la mort du colonel.

Gringall, les yeux mi-clos, tirait sur sa pipe.

– Ne dites donc pas des choses que vous ne pensez pas, Slim! J'ai fait ajourner l'enquête parce que je n'avais pas l'ombre d'un commencement de preuve à présenter au jury, mais pas un instant je n'ai cru au suicide de Stenhurst. On l'a tué. Généralement, les assassins ont un mobile. J'en cherchais un. J'ai bien l'impression que je l'ai trouvé.

Callaghan se taisait. Debout près de la fenêtre, il regardait dans la rue. Il se disait que la partie devenait très difficile à jouer et qu'il n'était pas loin, lui, de l'avoir perdue.

– L'auteur de la lettre, reprit Gringall, était bien informé et je ne serais pas surpris qu'il eût écrit, non pas seulement au colonel, mais aussi à miss Wymering, ce qui expliquerait qu'elle soit allée maquiller les preuves de l'assassinat de Stenhurst.

– Si je comprends bien, vous prétendez que Miss Wymering essayait d'éloigner les soupçons de Viola Alardyse, laquelle, ayant hérité par fraude de la fortune de sa mère, aurait eu une excellente raison de tuer le colonel?

– Je ne prétends rien du tout! Mon métier consiste à réunir des faits et à les présenter aux jurés. C'est à eux, et non à moi, de rendre un verdict et de dire comment le colonel est mort. Je fais de mon mieux pour qu'ils puissent se prononcer en connaissance de cause, voilà tout!

– Possible! Vous ne m'empêcherez pas de penser qu'il est ridicule d'insinuer que Viola Alardyse aurait eut une raison quelconque de dégringoler son beau-père!

Gringall haussa les épaules.

– J'ai connu des assassins très gentils, Slim, et des meurtrières adorables. Et, qu'on le veuille ou non, les faits sont les faits!

– Soit!... Que décidez-vous?

– Je m'en vais retourer à Dark Spinney pour avoir avec Miss Wymering une conversation à cœur ouvert. Je lui montrerai les photos, je lui rapporterai les déclarations de Sallins et je lui demanderai pourquoi elle a touché à l'arme et aux mouchoirs. Je lui dirai que nous sommes au courant du mariage de Viola Alardyse, j'ajouterai qu'il m'est parfaitement égal que cette jeune personne soit mariée ou non si le fait est sans rapports avec l'affaire qui m'occupe, je ne suis pas un juriste, mais un policier enquêtant sur un crime. Si elle admet qu'elle a touché au pistolet et aux mouchoirs, tout va bien et il est très probable que je ne lui causerai aucun ennui à propos de ça. Ce qui m'intéresse surtout, c'est de savoir *pourquoi* elle est allée trafiquer autour du cadavre, et tout spécialement pourquoi elle a emporté un des mouchoirs. Ça parle beaucoup, un mouchoir! Ça vous dit les initiales des gens, leur parfum, leur rouge à lèvres, etc.

Après un silence de quelques secondes, il conclut :

– En somme, Slim, ma position est simple. Quelqu'un a maquillé les indices, et c'est elle. Ce n'est pas *vous*, donc *ce ne peut être qu'elle*! De toute façon, la conversation m'apprendra différentes petites choses que j'ignore encore et j'ai donc tout intérêt à la voir. A moins, bien entendu, que vous n'ayez quelque chose à me confier, quelque chose dont vous ne m'auriez pas parlé plus tôt parce que vous considériez que c'était sans importance. Ou bien, parce que vous estimiez que vous n'aviez pas à m'en parler, la vie privée de vos clients ne me concernant pas. Vous me comprenez?

– On ne peut mieux! Mais qu'est-ce que vous voulez que je vous raconte! Je ne sais rien!

Gringall hocha gravement la tête.

– C'est une raison et je n'insiste pas! Slim, vous êtes trop intelligent pour vous moquer de la police.

Callaghan sourit.

– Vous ne voyez rien à ajouter?

– Non, Slim! Il me semble inutile de vous rappeler qu'il existe, dans notre arsenal législatif, un vieux texte qui vous fait un devoir de ne pas garder par-devers vous les informations dont vous savez qu'elles pourraient être utiles à la police...

Callaghan poussa un soupir.

– La vie n'est pas facile tous les jours. Je ne

sais rien, je ne peux rien vous dire! Que voulez-vous que j'y fasse?

Gringall se leva, alla frapper avec précaution sa pipe sur la boule d'un des chenets pour la vider, puis, se redressant, vint auprès de Callaghan.

– Slim, vous êtes un drôle de type! Je ne vous ai jamais très bien compris, mais je connais vos méthodes. Je sais que, neuf fois sur dix, vous jouez votre partie de la façon la plus audacieuse qui soit. Dans l'affaire Vendayne, par exemple, vous avez pris des risques terribles. Ces risques, je sais pourquoi vous les avez pris de nouveau. Audrey Vendayne était une très jolie femme et vous aimez les très jolies femmes!

– Vous connaissez des gens qui ne les aiment pas?

– Seulement, vous, vous les aimez trop! Un de ces jours, vous tomberez sur un coup dur...

– A part ça, vous ne voulez pas prendre un verre, avant de vous en aller?

Gringall sourit, et accepta.

– L'ennui, avec les types de votre espèce, poursuivit Callaghan tout en versant à boire, c'est qu'ils ne croient jamais personne. Même quand on leur dit la vérité...

Les verres vidés, Gringall prit son chapeau :

– Au revoir. Merci pour le whisky, et à bientôt!

– Au revoir. Peut-être que, la prochaine fois que vous viendrez me voir, je serai derrière des barreaux.

Dès qu'il eut entendu démarrer la voiture de Gringall, Callaghan décrocha le téléphone et appela Dark Spinney. Après une courte attente, il entendit au bout du fil, non sans une certaine satisfaction, la voix de Patricia.

– Madame X...? Bravo! Je suis dans une position périlleuse et j'ai besoin d'un coup de main. Où est votre tante?

– A Eastbourne. Elle ne rentrera pas avant ce soir, après le dîner.

– Excellent! Alors, écoutez-moi bien! L'inspecteur-chef Gringall est en route pour Dark Spinney. Il me quitte à l'instant. Il veut parler à votre tante. Quand il arrivera, tâchez d'être là pour le recevoir. Racontez-lui que votre tante est au chevet d'une amie malade, collez-lui n'importe quelle caque, mais dites-lui bien qu'elle ne sera pas de retour avant demain soir, ou peut-être après-demain matin. Compris?

– Compris! Vous pensez qu'il me croira?

– Qu'il vous croie ou non, qu'est-ce qu'il peut faire? Il ne va pas s'asseoir sur le pas de la porte pour l'attendre, non?

– C'est juste! D'ailleurs, je m'arrangerai pour qu'il me croie. Il n'y a rien d'autre?

– Si. Où est Corinne?

– Dans sa chambre. Elle a mal à la tête. Une migraine *authentique*.

– Prévenez-là qu'on la demande au téléphone. Vones, d'Eastbourne, désire lui parler.

– J'y vais! Ne quittez pas!

Quelques minutes plus tard, Corinne se portait en ligne.

– Allô, Corinne? Ici, Slim! Je n'ai pas le temps de vous parler maintenant, mais il faut absolument que je vous voie dans la soirée. J'ai des informations à vous communiquer.

– Vraiment? Connaissez-vous un endroit appelé les Roches, juste de l'autre côté de la baie de Pevensey? Il y a là une grande villa, qu'on appelle la Maison de l'Officier. Vous la repérerez facilement. Elle a quatre cheminées et c'est la dernière maison du coin.

– Je connais l'endroit. C'est là qu'un certain Mahon a tué sa femme il y a quelques années.

– Vous passerez devant la maison et vous suivrez le sentier qui descend vers la mer. En bas, vous verrez au mouillage un petit canot automobile, le *Mayfly*. Je serai sur la plage. Soyez là à dix heures...

Baissant la voix, elle ajouta :

– Nous irons faire un petit tour en mer.

– Entendu! Maintenant, remontez à votre chambre et n'en bougez pas! Gringall est sur le chemin de Dark Spinney et je suppose que vous ne tenez pas à le voir.

– Sûrement pas!... Au revoir, Slim...

– Au revoir!

. . . .

Il était sept heures et demie du soir quand Callaghan arrêta sa voiture devant la maison de convalescence des officiers de la R.A.F. à Hurstmonceux.

Avec ses cheveux gris et son visage ouvert et bon, l'infirmière-major fit à Callaghan une excellente impression. Il adopta, pour lui parler, ce ton de franchise sur lequel il débitait ses plus beaux mensonges.

– Madame, je ne vous cacherai pas que je suis détective privé. Je m'appelle Callaghan et j'enquête actuellement sur certains faits, d'ailleurs sans gravité, desquels je vous demanderai la permission de ne rien dire. Consentiriez-vous, malgré cela, à me donner quelques petits renseignements?

La brave dame regardait Callaghan. Elle le trouvait sympathique : il avait l'air si honnête...

– Si la chose m'est possible, je le ferai volontiers.

– Vous souvenez-vous, madame, d'une certaine Miss Corinne Alardyse, que vous avez dû avoir sous vos ordres vers la fin de la guerre?

– Fort bien! C'était une jeune femme extrêmement jolie, qui avait beaucoup de personnalité.

– Et vous souvenez-vous d'un certain Donelly, Lucien Donelly, un officier de la R.A.F., qui a dû poursuivre ici sa convalescence? J'ai des raisons de croire qu'il était dans les meilleurs termes avec Miss Alardyse.

– Je me le rappelle très bien, lui aussi. Ils sympathisaient, en effet, et nous avons cru qu'il s'agissait d'une idylle jusqu'à...

Elle hésitait.

– Jusqu'à?

– M. Donelly, reprit-elle, était un homme charmant, *très* beau et tout à fait séduisant. Nous pensions que l'aventure finirait par un mariage, et peut-être en aurait-il bien été ainsi sans un accident d'auto. M. Donelly avait une voiture, qu'il conduisait avec une audace folle. Un jour, il a emmené Corinne Alardyse à Brighton, pour assister à une matinée de bienfaisance... Avait-il, comme on l'a prétendu, un peu trop copieusement bu au repas? Personnellement, je l'ignore. Toujours est-il que sa voiture en télescopa une autre qui venait en sens inverse, provoquant un accident qui lui valut des ennuis, la police ayant estimé qu'il y avait lieu à poursuites. Les enquêteurs entendirent Corinne qui dut admettre que M. Donelly n'était pas dans son état normal. Elle ne pouvait pas faire autrement, des témoins ayant constaté qu'il était un peu gris. On l'avisa qu'elle aurait à déposer lorsque la cause serait appelée devant le tribunal, et la chose la contraria beaucoup. Infiniment trop, à mon avis.

– Il faut reconnaître pourtant, que la situation était assez ennuyeuse, si miss Alardyse était vraiment éprise de Donelly.

– Quoi qu'il en soit, elle se rendit à Brighton, vit l'officier de police chargé de l'enquête et nous revint tout heureuse : l'inspecteur Manston, auprès de qui elle avait longuement insisté, consentait à renoncer à son témoignage. Il devait, d'ailleurs, tenir parole. Seulement...

– Seulement?

– Le roman était fini! L'attitude de Corinne à l'égard de M. Donelly changea du tout au tout, comme si elle avait découvert en lui un côté qu'elle ne soupçonnait pas, leurs rapports devinrent très distants et, bientôt, elle nous quittait. M. Donelly est, je crois, toujours dans la région. Il dirigeait une sorte de club près de Rottingdean. Voilà, monsieur Callaghan! Je n'en sais pas plus.

Callaghan exprima sa gratitude d'une phrase aimable et prit congé. Il regagna sa voiture, s'installa au volant.

Callaghan appuya sur le démarreur et prit la route de Brighton, où il arriva vers huit heures. L'inspecteur Manston avait quitté son service au commissariat, mais le détective le trouva chez lui.

– Je m'appelle Callaghan et je suis policier privé. Je travaillais pour la famille Alardyse, lorsque le colonel Stenhurst est mort. Peut-être me connaissez-vous de réputation?

– Effectivement, M. Gringall, que cette affaire

a amené ici, m'a parlé de vous. En quoi puis-je vous être utile?

– Je fais tout ce que je peux, expliqua Callaghan, pour donner un coup de main à M. Gringall, qui est un vieil ami à moi. J'ai eu la chance de pouvoir lui fournir deux ou trois renseignements intéressants et il y a un petit point qu'il m'a demandé d'éclaircir. C'est pourquoi vous me voyez ici.

– De quoi s'agit-il?

– Vous vous souvenez sans doute d'une collision d'autos assez grave, dont la responsabilité incombait à un officier de la R.A.F., nommé Lucien Donelly. Conduisant alors qu'il était passablement ivre, il est entré dans une autre voiture. Il avait à côté de lui miss Corinne Alardyse, à l'époque infirmière volontaire à la maison de convalescence de Hurstmonceux. Vous désiriez la faire citer comme témoin à charge. Cette intention, vous l'avez abandonnée, à la prière de miss Alardyse. Il est bien exact que c'est parce qu'elle vous avait appris qu'elle était la femme de Donelly? Vous avez considéré, justement d'ailleurs, que vous ne pouviez lui demander de déposer contre son mari. C'est bien ça?

– Exactement, déclara Manston.

Avec un sourire, il ajouta :

– Ce qui m'étonne, c'est que vous sachiez ça, si ce n'est pas elle qui vous l'a dit! Au surplus, je ne vois pas ce que cela peut avoir à faire avec l'histoire Stenhurst.

– Je l'ignore moi-même. Je ne vous ai demandé cette confirmation que parce que Gringall le désirait. En tout cas, merci infiniment!

Quelques instants plus tard, Callaghan reprenait la route d'Alfriston. Ainsi, Corinne était mariée à Donelly, lequel Donelly avait envoyé au colonel une lettre anonyme dont il avait par la suite fait tenir copie à Gringall. Drôle d'histoire.

Callaghan remisa sa voiture au garage de l'hôtel et monta à sa chambre. Il pensait à Viola Alardyse. Il lui avait dit qu'il empêcherait l'auteur de la lettre anonyme de se manifester de nouveau. Donelly – puisque c'était lui – n'en avait pas moins expédié cette copie à Gringall. En fait, il n'avait, lui, Callaghan, été d'aucun secours à Viola!

Le téléphone sonna. C'était Effie.

– Monsieur Callaghan, Nikolls vous portera demain le rapport que lui a remis M. Aynesworth, au sujet de Rupert Sharpham. C'est un document assez long, comportant surtout des comptes rendus de vol, des fiches médicales et des notes relatives aux états de service de Sharpham. Il n'a pas l'air de contenir quoi que ce soit de sensationnel, mais j'en ai extrait l'essentiel, pour le cas où vous désireriez que je vous en donne tout de suite un résumé.

– Excellente idée, Effie! Je vous écoute.

– Sharpham était, semble-t-il, un bon officier. Blessé deux fois avant d'être descendu : au début de 42, une balle traceuse dans l'épaule; fin 42, blessure à la main droite, ayant entraîné l'amputation du petit doigt. A l'époque, il était lieutenant. Il a été promu commandant d'escadrille en 43.

– Continuez!

– J'arrive, d'après Nikolls, à ce qui vous intéresse. Quand Sharpham s'était fait abattre, en 1944, sur le front d'Italie, il était à bord d'un avion de reconnaissance, avec, comme copilote, le lieutenant Lucien Donelly. Sharpham s'en tira avec des blessures superficielles, mais Donelly fut sérieusement amoché : un bras cassé, le droit, des fractures du nez et de la mâchoire, et aussi des blessures aux yeux, qui, un temps, donnèrent à penser qu'il perdrait la vue. Heureusement, il semble qu'il y avait, dans le camp de prisonniers où ils furent internés, un bon chirurgien, puisque ledit Donelly était bientôt en état de combiner une évasion avec Sharpham. Leur projet réussit, mais il leur fallut traverser la zone de combat, et c'est en la franchissant que Sharpham fut tué par un obus. Donelly put gagner les lignes britanniques. Il y arriva en très mauvais état, et fut aussitôt évacué sur l'Angleterre puis dirigé, après traitement, sur la maison de convalescence des officiers de la R.A.F., à Hurstmonceux. C'est tout. M. Nikolls vous apportera le dossier complet, demain dans la matinée.

– Dites-lui qu'il ne se presse pas! J'ai ce qu'il me fallait. Pas de nouvelles de Cape Town?

– Pas encore! J'ai eu M. Friquet lui-même à l'appareil. Il m'a promis de s'occuper de l'affaire tout de suite et de me téléphoner dès qu'il aurait quelque chose.

– J'attends votre coup de fil. Bonne nuit, Effie! Dormez bien!

Callaghan posa le récepteur. Il n'était pas mécontent : le « puzzle » commençait à prendre tournure.

CHAPITRE VII

Il était un peu plus de dix heures lorsque Callaghan arrêta sa Lagonda à deux cents mètres de l'auberge de la Baie. Sa voiture rangée sur le bord de la route, il poursuivit son chemin à pied. La nuit était splendide.

Callaghan reconnut sans hésitation la Maison de l'Officier, une assez grande bâtisse dont l'aspect sinistre s'accordait parfaitement avec les souvenirs qu'elle rappelait. Derrière ces murs, quelques années plus tôt, Patrick Mahon, un riche Irlandais, avait tué une malheureuse fille, qu'il avait dépecée avant de brûler ses restes. Un jour, un gamin jouant dans les dunes, non loin de la maison, avait trouvé une main de femme. La police était entrée en scène et le procès s'était terminé par une condamnation à mort.

Callaghan prit le petit sentier qui descendait vers la mer. Arrivant à la plage, il aperçut Corinne. Derrière elle, il distingua la silhouette blanche d'un canot automobile, mouillé à quelques mètres de la côte.

Corinne vint à sa rencontre. Elle portait un pantalon et une longue vareuse, doublée de fourrure. Une écharpe de soie retenait sa brune chevelure. En cet équipage, elle était aussi jolie, aussi désirable que jamais. Elle serra la main de Callaghan avec énergie.

– Slim, dit-elle vous êtes *un amour*! C'est si gentil à vous de vous donner tant de mal!

– Je suis heureux de pouvoir me rendre utile. Vous êtes ma cliente, vous payez. Par conséquent...

– Je vous défends de parler comme ça!

– Allons-nous faire un tour en mer? La nuit est si belle!

– Pourquoi pas?

Elle monta dans le canot, qu'il poussa dans l'eau d'une poigne vigoureuse, sautant lestement à bord au moment opportun. Elle empoigna les avirons, et franchit les quelques mètres qui séparaient les deux embarcations. Tous deux passèrent à bord du *Mayfly*, qui bientôt, le « dinghy » en remorque, s'en allait vers la haute mer. C'était un superbe « racer », aux lignes longues et minces, au moteur puissant. Callaghan demanda à Corinne si ce bijou lui appartenait.

– Non. Il est à Lucien Donelly, mon grand ami. C'est moi qui le lui ai fait acheter. J'adore la mer. Il ne l'aime pas.

Elle tenait le gouvernail, louvoyant pour franchir une ligne de récifs. Callaghan admirait la sûreté de sa manœuvre.

– Vous êtes un as! Est-ce que ce canot n'est pas un peu étroit pour la mer? Il a plutôt l'air d'avoir été conçu pour la navigation en rivière.

– C'est un engin très rapide. Il demande du doigté, mais il peut tourner presque sur place. Vous allez voir!

Le *Mayfly* vira de bord, s'inclinant fortement pour se redresser bientôt.

– Si on le brutalise, rien ne va plus! A part ça, Slim, quoi de neuf? Cette lettre, vous savez qui l'a écrite?

La question était posée d'un ton assez indifférent. Callaghan s'appliqua à répondre, lui aussi, avec désinvolture.

– Vous aviez deviné juste. Elle est de Donelly.

– Le salaud! murmura-t-elle entre ses dents.

– Ça vous étonne?

– Non!

Ils étaient assez loin du rivage. Le canot roulait fortement et la brise avait fraîchi.

– J'imagine, Slim, que vous connaissez assez bien les hommes... et les femmes?

– On ne les connaît jamais. Quel que soit l'homme, quelque soit la femme, on a toujours affaire à un cas particulier!

– Ce que je me demande, c'est si vous pourriez comprendre ce qui se passe entre Donelly et moi, si vous pouvez concevoir que je reste amoureuse d'un homme que je déteste.

– Quelqu'un, je ne sais plus qui, a écrit que l'amour est tout proche de la haine.

– C'est bien vrai! Vous me trouveriez sans doute ridicule si je vous disais que, malgré tout ce qu'il m'a fait, je suis toujours folle de Donelly?

– Pourquoi? Il fallait bien que vous l'aimiez! Sans ça, vous ne l'auriez pas épousé!

– Vous savez ça? J'ai l'impression, Slim, que vous êtes un détective qui connaît son métier. Où diable avez-vous appris ça?

– J'ai eu une petite conversation avec l'infirmière-major de Hurstmonceux. Elle m'a dit que, dans une histoire de collision d'autos, la police avait renoncé à votre témoignage et j'en ai conclu, les époux ne pouvant être tenus de déposer l'un contre l'autre, que vous deviez être la femme de Donelly.

– Très fort, Slim! Ce secret, nous n'étions que quatre à le connaître : Donelly, moi, l'officier d'état civil qui nous a mariés et l'inspecteur de police à qui j'ai dû raconter toute l'affaire. *Pourquoi a-t-il parlé?* Je l'ignore. Ce que je sais, c'est que, si je retournais le *Mayfly*, vous seriez noyé et le secret resterait un secret!

Elle parlait d'une voix très douce. Callaghan la regarda. Renversée sur l'arrière du canot, une main nonchalamment posée sur le gouvernail, dont le revêtement de cuivre étincelait sous la lune, elle souriait.

– Je suis bon nageur et je crois que je m'en sortirais, alors que vous, vous resteriez dans le jus. Mais, si je devais couler, je m'arrangerais pour vous emmener avec moi. Vous avez fait assez de mal comme ça!

– *Vraiment?* Vous croyez ça?... Nous en reparlerons. En attendant, la lettre, comment savez-vous que c'est lui qui l'a envoyée et *pourquoi* l'a-t-il écrite?

– J'ai obtenu, par sa secrétaire, communication d'une lettre tapée dans les bureaux de Donelly, j'ai fait quelques comparaisons et je suis sûr de ce que j'avance : la lettre est de lui, aucun doute.

– Encore une fois, pourquoi l'a-t-il écrite?

– Au début, la question m'a vivement intrigué. La raison m'échappait. Maintenant, je commence à comprendre. Réfléchissez, Corinne! Pour moi, voici l'histoire! Vous faites la connaissance de Donelly alors qu'il est en convalescence à Hurstmonceux. Vous tombez amoureuse de lui. Donelly, à ce moment-là, sait que Viola a épousé Sharpham en 1939. Il le sait, parce qu'il s'est fait descendre avec Sharpham, qui a été son compagnon de captivité. Un jour, Sharpham a reçu de Viola une lettre qui le mettait au courant des dispositions testamentaires de Mme Stenhurst et qui l'informait que, parce qu'elle était mariée, sa part d'héritage se trouvait réduite à zéro, ou peu s'en faut. Sharpham a parlé de l'affaire à Donelly. Plus tard, ils décident de s'évader ensemble, mais l'un d'eux se fait dégringoler en traversant les lignes et Donelly rentre seul en Angleterre. Vous devinez la suite?

– Plus ou moins!

– Précisons, puisque cela paraît nécessaire. Donelly possède un tuyau qui représente de l'argent. Il va s'en servir. Ce n'est pas par hasard, mais parce qu'il *l'a demandé*, qu'il est envoyé à la maison de convalescence d'Hurstmonceux. Il veut se renseigner. Il ne tarde pas à découvrir que, malgré son mariage, Viola règne en maîtresse à Dark Spinney et qu'elle a hérité la fortune de sa mère. Entre temps, il vous rencontre et il s'éprend de vous. Vous êtes très jolie et, surtout, bien que vous n'en sachiez rien, vous constituez une rente extrêmement intéressante. Il n'est pas bête, Donelly! Il est presque aussi fort que vous et, à vous deux, vous faites un fameux tandem!

– Là, vous avez raison! Nous formons une paire imbattable!

– Il vous aime, vous l'aimez, il vous propose le mariage et l'idée ne vous déplaît pas. Vous avez eu pas mal d'aventures, mais vous êtes « chipée » pour la première fois. Vous devenez sa femme. Alors, il vous dit tout. Il vous tient... et il vous tient bien. Déposséder Viola? Rendre publique la vérité? *Qu'est-ce que ça vous rapporterait?* Vous êtes mariée, vous aussi! Vous avez épousé Donelly, vous n'êtes plus dans la course. Entre nous, laissez-moi vous dire qu'il a dû rigoler un brin!

– Là encore, vous avez raison! Il a bien ri.

– Après quoi, j'imagine qu'il vous révéla ses intentions : il n'avait plus qu'à faire chanter Viola. Une vacherie – pardonnez-moi l'expression – qu'elle ne méritait pas, car c'est un peu à son corps défendant qu'elle était entrée en possession de la fortune de votre mère. Au moment voulu, elle avait parlé de sa situation à Miss Wymering, qui lui avait fait valoir que Sharpham était mort, que son union n'avait été qu'un mariage « blanc » et que, moralement, c'était à elle que l'héritage devait revenir. Quoi qu'il en soit, vous lui dites que vous avez rencontré un certain Donelly qui sait la vérité, vous lui conseiller d'acheter son silence et elle paie. Depuis, elle continue...

– Sale histoire, hein?

– Assez moche, en effet. Pourquoi avez-vous fait ça?

– A la vérité, répondit Corinne, je n'en sais rien. Je crois que deux raisons, surtout, m'ont poussée. D'abord, j'étais terriblement éprise de Donelly... et, ce qu'il y a de drôle, c'est que je le suis encore! Et, cela, bien qu'il me fasse *horreur*! Ensuite, parce qu'il y avait chez Viola quelque chose qui m'exaspérait. Elle est meilleure que moi, et c'est ça qui me met en rage! Elle m'a donné de l'argent, une voiture, tout ce que je voulais, histoire de bien me montrer que je n'étais lésée en rien! Tout ça n'a rien arrangé, au contraire! Plus elle était gentille, plus je la détestais!

– D'accord! Mais où Donelly veut-il en venir? Cette lettre anonyme, pourquoi en a-t-il fait parvenir copie à quelqu'un?

– Sans blague? Il a fait ça?... Vous direz ce que vous voudrez, il est *formidable*! Il a *un cran* inimaginable! C'est la dernière des ordures, mais il faut lui rendre cette justice, il est *épatant*! Cette copie, à qui l'a-t-il adressée? A tante Honoria ou à Galashiels, l'avoué?

– A l'inspecteur-chef Gringall, le détective de Scotland Yard qui enquête sur la mort de votre beau-père. C'est lui-même qui me l'a appris!

– Son jeu, je le comprends. Il y a quelque temps, je lui ai annoncé que Viola en avait assez. Cramponnez-vous, on va virer!

Dans un jaillissement d'écume, le *Mayfly* décrivit un arc de cercle. L'embarcation reprenait la direction de la côte.

– Je reviens à mon propos. Lucien est assez psychologue et j'ai idée qu'il s'est rendu compte que Viola ne marcherait plus et que, par conséquent, pour ne pas tout casser, il fallait changer de tactique. *J'ai besoin d'argent, moi aussi.* Il le sait et il n'oublie pas que je suis sa femme. Viola dépossédée – c'est ce qu'il cherche – l'héritage me revient, à condition qu'on ne sache pas que je suis mariée. Or, tout le monde s'en fiche et, à part les membres de la famille et Galashiels, personne ne connaît les dispositions du testament. Il sait que je ne parlerai pas, que j'encaisserai les espèces sans rien dire... et que finalement elles tomberont, presque toutes, dans sa poche. Je vous dis qu'il est *épatant*!

Le *Mayfly* approchait du rivage. Corinne coupa le moteur. Le canot courut sur son erre pendant un instant, puis s'immobilisa.

– Mouillez! ordonna Corinne, et venez vous asseoir tout près de moi! J'ai des choses à vous dire.

Il obéit. Dés qu'il eut pris place à ses côtés, elle mit sa main sur la sienne.

– Slim, il faut que vous fassiez quelque chose pour moi! Je vous parle du fond du cœur et je ne vous demande rien de mal. Accepterez-vous? Je l'ignore. En tout cas, personne ne pourrait faire ça à votre place!

– De quoi s'agit-il? Pour une fois, c'est curieux, je crois que vous êtes sincère.

– Je voudrais que vous administriez une raclée à Donelly, que vous alliez le relancer dans son repaire et que vous lui donniez une correction soignée. Donelly a besoin d'une punition. Donnez-la-lui et vous ne perdrez rien! Viola non plus.

. . . .

Le soleil de la matinée mettait des taches claires sur le tapis au dessin compliqué qui ornait, à l'hôtel des Deux-Frères, le petit salon attenant à la chambre de Callaghan. Windemere Nikolls était assis près de la fenêtre, un verre de whisky à la main.

– En somme, dit-il, ça va plutôt mal et nous serions dans le seau que ça ne m'étonnerait pas! Un jour ou l'autre, on devait tomber sur un bec. Qu'est-ce qui va se passer maintenant?

Ecroulé dans un fauteuil, les pieds sur le manteau de la cheminée, Callaghan esquissa de la main un geste d'indifférence.

– Pour moi, à moins que ne surviennent des événements que rien ne laisse prévoir, voici le programme! Hier, j'ai possédé Gringall. Je lui ai fait raconter par Patricia que Miss Wymering n'était pas à Dark Spinney, qu'elle était allée rendre visite à une amie malade. C'était un bobard. Il la verra, aujourd'hui s'il est pressé, et, au plus tard demain.

– Il la cuisinera...

– Et elle lui jurera qu'elle n'a touché à rien dans le pavillon, ni aux mouchoirs, ni au pistolet. A ce moment-là, il saura que c'est *nécessairement* moi qui ai maquillé ses preuves.

– Il demandera un mandat et il te coffrera, en t'assurant de son amitié sincère...

– Non. Il est trop malin pour ça.

– Alors?

– Il me proposera un marché. A l'heure qu'il est, il est fixé : *il sait* fort bien que c'est moi qui ai emporté le mouchoir, essuyé l'arme, etc. Après sa conversation avec Miss Wymering, il sera en mesure de le *prouver*. Mais il me laissera tranquille si je lui explique *pourquoi* j'ai agi de la sorte. L'ennui, c'est que, si je le lui dis, je reconnais par là même que je considérais qu'il y avait de fortes chances pour que notre cliente, Viola Alardyse, fût inculpée du meurtre du colonel et que je tenais qu'elle avait d'*évidentes* raisons de tuer son beau-père. Comme Gringall ne demande pas autre chose, il fera signe au coroner et l'affaire viendra devant les jurés.

– Tout ça la fiche mal pour notre cliente! Ou, plutôt, la *ficherait* assez mal. Car...

– Car?

– Car *tu ne lui diras rien.* Quand il y a une jolie fille dans le coup, tu es toujours un peu poire. Tu fermeras ta trappe, tu te laisseras coller des jetons, mais tu ne mettras pas Viola dans le bain. Je te connais!

– Est-ce que ce n'est pas normal? Viola Alardyse est notre cliente. La clientèle, c'est sacré!

– Fichtre! Tu es sûr que j'ai bien entendu? Quand je pense aux tours que tu as joués à certains clients! Enfin! Ça vaut peut-être le coup! Si elle les lâche...

– Elle ne m'a pas donné un shilling. J'ai touché un peu d'argent dans cette affaire, mais c'est Corinne qui me l'a remis.

– Au total, nous travaillons pour tout le monde, personne n'envoie de fric et tu finiras en cabane. La vie est belle!

– Elle pourrait être plus laide. Ta petite camarade, la secrétaire de Donelly, tu sais où elle est?

– J'ai son adresse. A cette heure-ci, elle doit être chez elle.

– Bon! Saute dans ta bagnole et invite-la à déjeuner! Il faut que tu me saches ce que Donelly fait aujourd'hui, et surtout ce soir. Il me faut, notamment, l'heure à laquelle il arrivera au Mardene.

– Entendu! Si elle m'apprend quelque chose d'important, je te téléphone. Sinon, tu me verras dans l'après-midi.

Nikolls parti, Callaghan alluma sa cigarette. Il pensait à Corinne. Un drôle de corps. Charmante, élégante et cynique. Avec Donelly, elle devait former un couple auprès duquel une paire de serpents à sonnettes apparaissaient comme de gentilles petite bêtes d'appartement. Donelly était une ordure. Quant à elle, elle mentait avec une habileté qui pouvait faire croire à sa sincérité. Il se souvenait de leur conversation à l'auberge de la Couronne. Comme elle lui avait bien menti! Elle ignorait que Viola avait été mariée. *J'adore ma sœur!... Je voulais sauver Viola... Trouvez l'auteur de cette lettre anonyme. Quand nous le connaîtrons, nous interviendrons pour qu'il laisse Viola tranquille. Elle sera sauvée!*

Et, hier soir, sans la moindre gêne, elle avait admis qu'elle était la femme de Donelly, qu'elle le haïssait sans pouvoir renoncer à lui et qu'elle détestait sa sœur. La vérité n'était-elle pas qu'elle se faisait horreur à elle-même?

Callaghan, maintenant, comprenait pourquoi Honoria Wymering avait convaincu Viola de garder le secret sur son mariage. Miss Wymering avait eu cent fois raison. Seulement, ce mensonge l'avait menée loin. Et Viola avec elle!

Callaghan songeait au rire aigu de Corinne, à ses yeux immenses, qui savaient être si ingénus, si innocents, à la haine qui, par instants, déformait sa voix quand elle parlait de ce Donelly qu'elle aimait et auquel elle enrageait d'être enchaînée. Quelle charmante union!

Hier, quand il lui avait dit savoir la vérité, elle n'avait pas cherché à nier. Certaines de ses réponses avaient eu l'accent de la sincérité et sans doute livrait-elle toute sa pensée quand elle déclarait, « parlant du fond du cœur », qu'elle tenait à ce qu'il administrât une raclée à Donelly et quand elle précisait que « ce serait une excellente chose pour tout le monde ». Que pouvait-elle bien vouloir dire par là?

Callaghan se posa la question et renonça presque aussitôt à la creuser. A certaines heures, la réflexion ne mène nulle part. Mieux vaut ne pas insister. Il retirait ses pieds du manteau de la cheminée et se disposait à se lever, quand le téléphone sonna dans la chambre à coucher. Il alla prendre la communication. Effie Thompson était à l'appareil.

– Bonjour, Monsieur Callaghan! J'espère que vous avez bien dormi?

– J'ai passé une excellente nuit, je vous remercie! Et vous, Effie?

– Je ne peux pas en dire autant, attendu que j'ai couché dans le grand fauteuil de votre bureau, pour le cas où John Friquet téléphonerait.

– C'est bien, ça Effie! Quand je rentrerai, faites-moi penser que je veux vous parler de votre augmentation. Vous la méritez.

– Il a été si souvent question de cette augmentation que je n'y pense même plus.

– A part ça, Effie, qu'est-ce qu'il y a de cassé?

– John Friquet a téléphoné ce matin. Le Rupert Sharpham, qui travaillait au Rosehill Dance Hall, est bien votre homme. Friquet m'a donné son signalement et, si vous le comparez avec les fiches médicales qui sont dans le dossier que Nikolls vous a apporté, vous constaterez qu'il s'agit bien du même individu. Il a, sous le bras gauche, une petite marque qui a la forme d'une fraise et tous les autres détails concordent.

– Quoi d'autre?

– Sharpham est réclamé par la police de Cape Town, par celle de la Rhodésie britannique et, sous deux inculpations, par celle de Pietermaritzburg. Au début de 1938, il a épousé à Cape Town Ernestine Rasslaer, qu'il a abandonnée dans le courant de la même année. Il la laissait avec un enfant sur les bras. Elle vit toujours et travaille dans une ferme à Hermanos, province du Cap. Le tribunal lui a accordé une pension alimentaire, mais elle ne la touche pas, les recherches pour retrouver Sharpham étant restées vaines. Friquet dit que c'est tout ce qu'il a pour le moment. Il continue.

– Câblez que ce n'est plus la peine. J'en sais assez avec ça. Demandez-lui seulement de m'envoyer une copie légalisée de l'acte de mariage de Sharpham. Qu'il me la fasse parvenir le plus tôt possible, par avion.

– C'est noté. Vous ne savez pas quand vous revenez? Il y a un courrier énorme, et Vendayne a téléphoné deux ou trois fois...

– Je n'y peux rien! Je suis encore accroché ici pour un jour ou deux. Je rentrerai bientôt. En attendant, faites ce qu'il faudra.

– Entendu, Monsieur Callaghan! Bonne chance...

– Au revoir, Effie!

Il remit l'appareil sur son socle et alluma une cigarette. Presque au même instant, on frappa à la porte. Il pensa : « C'est Gringall, et c'est maintenant que les difficultés commencent! » Il se trompait : c'était Patricia.

Vêtue d'un coquet tailleur de tweed tacheté de rouge et de brun, chaussée de souliers marron cirés à miracle et coiffée d'un feutre fort élégant, Patricia entra.

– Slim, j'ai les numéros des billets. Les voici. Le caissier a marché comme un seul homme. Ma demande ne l'a pas surpris du tout.

Callaghan empocha le papier.

– Merci, Patricia! Vous êtes une collaboratice précieuse.

– Tout va bien?

– Pas tellement! Du moins, pour moi. Je prévois de petits ennuis du côté de M. Gringall. En ce moment, où est Miss Wymering?

– Elle fait ses courses. Elle rentrera dans une demi-heure... et M. Gringall sera là à l'attendre. Il a téléphoné deux fois dans la matinée et, j'en ai peur, il n'y a rien à faire! Il la verra aujourd'hui. C'est *vraiment* très ennuyeux, Slim?

– Non, pas à ce point-là. C'est embêtant, voilà tout! Et Viola, où est-elle?

– A la maison. Vous voulez lui parler?

– Il le faudrait. En rentrant, dites-lui donc de venir me rejoindre dans le bois, près de la grille. Vous voyez où? Qu'elle soit là-bas à trois heures, cet après-midi! Sans faute.

– Elle y sera. Là-dessus, je m'en vais! Ne commettez pas d'imprudences, Slim, voulez-vous? Parce que je commence à croire que vous m'êtes *plutôt* sympathique...

– Vous êtes gentille, Patricia! Je ferai attention.

La porte franchie, dans le couloir déjà, elle se retourna pour lui sourire.

Après le départ de la jeune fille, Callaghan tira de son portefeuille les billets que Corinne lui avait donnés à l'auberge de la Couronne, afin de comparer leurs numéros avec ceux que Patricia avait portés sur sa liste : ils concordaient. Ainsi, Corinne ne dupait pas seulement sa sœur, mais aussi Donelly. Ces billets, étalés sur la table, faisaient partie du dernier versement effectué par Viola, et il était très probable que Corinne ne les avait pas remis à Donelly. Elle les avait gardés et c'est pourquoi elle avait déclaré à sa sœur que le maître chanteur insistait pour un nouveau paiement.

Callaghan rangea liste et billets dans son portefeuille, prit son chapeau et alla chercher sa voiture au garage. A petite allure, il s'éloigna d'Alfriston, sur la route peu fréquentée qui s'en allait vers la baie de Pevensey.

. . . .

Sa voiture rangée à la lisière du petit bois qui couronnait la colline, derrière Dark Spinney, Callaghan suivit à pied le chemin qui s'engageait sous la voûte des arbres pour aboutir à une grille par où l'on pénétrait dans le domaine des Alardyse. Il y arriva un peu avant trois heures. Viola était déjà là. Elle accueillit le détective avec un sourire.

– Bonjour, monsieur Callaghan! Vous avez l'air assez content de vivre. Comme toujours, d'ailleurs.

– Je vous apporte quelques mauvaises et aussi, peut-être, quelques bonnes nouvelles. Je tiens à ce que vous connaissiez exactement la situation, pour le cas où je me trouverais obligé de m'en aller de façon précipitée.

Surprise, elle haussa les sourcils. Ses yeux étaient d'un bleu très clair. Callaghan se dit qu'il n'en avait jamais vu de plus beaux.

– Partir? Je n'aimerais pas ça du tout!

– Non?

Callaghan, qui se répétait que seul l'inspecteur Gringall pourrait le contraindre à une rapide sortie, ne put se retenir d'ajouter :

– Et pourquoi?

Elle détourna la tête pour répondre.

– Je l'ignore. J'ai été malheureuse pendant longtemps, et terriblement malheureuse ces cinq ou six derniers jours. Chose curieuse, et que je vous avoue je ne sais pourquoi, chaque fois qu'un rayon lumineux a traversé la grisaille de mes pensées, il s'est associé à vous dans mon esprit.

– Je vais commencer à croire que vous me détestez moins.

Evitant de le regarder, elle dit :

– Je ne vous déteste pas.

– Préparez-vous à recevoir un choc! L'idée que vous êtes Mme Rupert Sharpham est fausse. L'idée que vous n'étiez pas en droit d'hériter de votre mère ne l'est pas moins. Vous n'avez jamais été Mme Rupert Sharpham, et c'est très légitimement que vous êtes la maîtresse de Dark Spinney, avec tous les avantages que cela comporte. Qu'est-ce que vous dites de ça?

Elle le considérait avec stupeur.

– Mais, murmura-t-elle, qu'est-ce que ça signifie? Ce ne peut pas être vrai!

– C'est pourtant vrai! J'ajoute que vous avez eu bien de la chance que la guerre éclate en 39 et que Sharpham soit mobilisé. Sinon, vous auriez probablement vécu ensemble comme mari et femme... et vous l'auriez fameusement regretté!

– Mais, enfin, que voulez-vous dire?

– En 1938, Rupert Sharpham était professeur de danse à Cape Town, dans un établissement nommé le Rosehill Dance Hall. Cette même année, dans les premiers mois, il épousa une femme qui s'appelait Ernestine Rasslaer, qu'il abandonna presque aussitôt, avec un enfant, et qui, depuis, le recherche. Elle travaille dans une ferme à Hermanos, dans la province du Cap. Il est devenu bigame en 1939, quand il vous a épousée à Kensington. Ce second mariage n'existe pas : un homme ne peut pas être le mari de deux femmes.

– Mon Dieu!

Elle s'appuyait contre la grille et il crut un instant qu'elle allait se trouver mal. Il se sentit soulagé quand elle décida de n'en rien faire.

– Mais, c'est merveilleux!... *Merveilleux!*

– Ce n'est pas trop mauvais. Ça règle un certain nombre de problèmes!

– Vous êtes sûr de tout ça?

– Absolument sûr. Vous êtes toujours, vous n'avez jamais cessé d'être Miss Alardyse.

– Vous êtes un homme admirable, monsieur Callaghan!

Pensant à Gringall, il dit à mi-voix :

– Je connais des gens qui *pourraient* bien ne pas être de cet avis!

– Je ne m'occupe pas de l'opinion des autres! *Pour moi,* vous êtes un homme admirable et vous le resterez!... *Toujours*!

– C'est très gentil à vous, mais j'ai encore d'autres informations à vous communiquer. Celles-là sont moins bonnes.

– De nouveaux ennuis, encore?

– Oui et non. Les vôtres sont terminés, mais non ceux de Corinne, laquelle, je suis d'autant plus désolé de le dire qu'elle est ma cliente, n'est pas une personne bien sympathique.

– J'ignorais qu'elle fût votre cliente.

– En quoi cela vous aurait-il avancée de le savoir? Quand les gens viennent me demander une consultation, je ne les repousse jamais. Corinne était très anxieuse de connaître l'auteur de la lettre anonyme reçue par le colonel. Elle soupçonnait quelqu'un, mais voulait une certitude. Pour elle, la lettre avait été écrite par Donelly, le directeur du Mardene Club. Elle me confia le soin de me renseigner là-dessus et, pour cela, me versa soixante-quinze livres d'honoraires.

– Et ensuite?

– Je crois de mon devoir de préciser que ces soixante-quinze livres avaient été prélevées sur l'argent que vous lui avez remis dernièrement pour payer le silence de Donelly. Vous étiez sa sœur, elle ne vous escroquait pas moins. A quelle somme s'est élevé votre dernier versement à Donelly?

– Quatre cents livres.

– Il est probable qu'elle en a gardé cent pour elle. Des soixante-quinze qu'elle m'a données, en tout cas, j'ai fait vérifier les numéros à votre banque. Avec l'assistance de Patricia, une bonne petite fille, celle-là.

– Patricia est un amour. Elle vous a aidé?

Callaghan répondit d'un signe de tête.

– On dirait, reprit Viola, que, lorsque vous ne travaillez pas pour la famille Alardyse, vous la faites travailler pour vous! Je me demande s'il y a quelqu'un, à Dark Spinney, pour qui vous ne travaillez pas!

– J'ai les épaules larges et il ne me déplaît pas d'avoir beaucoup de clients. Je ne vous ai pas encore appris le plus beau : Corinne est mariée. Mariée à Donelly, dont elle est la femme depuis un certain temps déjà.

– Vous dites...

– Exactement ce que vous avez entendu. Voici l'histoire. Rupert Sharpham, votre pseudo-mari, et Lucien Donelly, pilotes tous deux, avaient fait amitié en escadrille et se trouvaient ensemble quand leur avion fut descendu. Sharpham se tira de l'aventure à peu près indemne, mais Donelly fut assez grièvement blessé. Ils furent internés en Italie dans un même camp de prisonniers, et Sharpham, quand il eut reçu de vous la lettre par laquelle vous l'informiez que, parce que vous étiez sa femme, vous ne pourriez être la légataire universelle de votre mère, parla de la chose à Donelly, sans lui dire qu'il était déjà marié en Afrique du Sud. Un peu plus tard, les deux hommes s'évadèrent. Sharpham fut tué en cours de route, alors que Donelly rentrait bientôt en Angleterre, en possession d'un renseignement de choix. Après avoir été soigné à l'hôpital, il obtint d'être envoyé en convalescence à la maison de Hurstmonceux. Vous me suivez?

– Très bien!

– Là, il a un autre coup de veine : il rencontre Corinne, qui est infirmière, et, pour la suite, vous l'imaginez sans peine. Ce Donelly est un type dangereux : charmant, très brillant, séduisant, mais une fripouille, qui, sous le rapport de la crapulerie, n'a pas grand-chose à envier à Corinne. Ils s'éprennent l'un de l'autre, ce qui n'est pas autrement surprenant. Donelly a son plan. Quand il aura épousé Corinne, tout deviendra facile. Le mariage a donc lieu. Où et quand, je l'ignore, mais il a lieu. Donelly ne tarde pas à découvrir que votre sœur vous déteste. Il s'ouvre alors à elle de ses projets, et, de concert, ils se mettent à vous faire chanter. Ils sont associés. N'allez pas imaginer que Corinne n'est qu'une intermédiaire! Non. Elle est dans le coup, en plein, et elle savoure son plaisir. Le temps passe et les exigences de Donelly vont croissant. En fait, je croirais volontiers qu'au bout d'une certaine période, Corinne a commencé à « doubler » Donelly. Elle ne lui remet qu'une partie de l'argent. Donelly est mécontent. Il n'a plus confiance en Corinne et il se demande ce qui se passe. Il entend sauvegarder ses intérêts. Il n'a pour ça qu'un moyen. Il l'emploie.

– Mais lequel?

– Vous ne l'avez pas deviné? Il écrit à votre beau-père la fameuse lettre anonyme. Il sait quels résultats elle entraînera : le colonel prendra les mesures qui s'imposent, vous serez déchue de vos droits, lesquels passeront à Corinne. A l'exception de deux ou trois personnes qui s'en moquent éperdument, nul ne sait qu'elle est mariée. Donelly la tient. A tout moment, il a la possibilité de la dénoncer, comme il l'a fait pour vous. Jusqu'à la fin de ses jours, il sera en sous-main le maître de Dark Spinney et de la fortune de votre mère. Un plan ingénieux, mais qui n'a pas réussi.

– Tout ça paraît incroyable!

– Tout ça n'en est pas moins vrai! Vous le voyez, nous avons éclairci quelques points. Seulement, nous ne sommes pas encore sortis de l'auberge! Sur quoi, Miss Alardyse, je suis obligé de m'en aller.

– Qu'allez-vous faire?

– Tâcher de ne pas me trouver sur le chemin de l'inspecteur Gringall. L'excellent homme ne m'aime pas beaucoup en ce moment, et je serais désolé que quelque chose m'arrivât qui m'empêcherait de mener mon enquête à sa conclusion logique.

– Que quelque chose vous arrivât? Qu'avez-vous donc fait?

– Pas grand-chose! Seulement, les policiers anglais, je parle de ceux de la police officielle, ont des idées très arriérées. Ils ont horreur qu'on regarde les indices de trop près, ils détestent qu'on les lance sur de fausses pistes, ils sont toujours prêts à prétendre qu'on essaie d'entraver leur action. Ils sont comme ça.

– Je vois!

– D'autre part, Gringall commence à être assez agacé de constater que son enquête n'avance pas. C'est pourquoi il est préférable – pour le quart d'heure – que je n'aille pas me jeter dans ses jambes. Rassurez-vous, je ne serai pas loin.

– Vous resterez en contact avec moi?

– Soyez tranquille! Je suis dans le voisinage. En attendant, au revoir!

Il prit la main qu'elle lui tendait.

– Dieu vous bénisse, monsieur Callaghan!

– Si vous me parlez comme ça, je vais pleurer!

. . . .

Nikolls était assis dans le bar des Deux-Frères quand Callaghan entra dans la salle. Le Canadien alla au comptoir, se fit servir deux doubles whiskies et vint apporter les verres sur la table.

– Moi, j'adore la campagne. L'air est meilleur, alors on peut boire beaucoup plus. Dans le fond, je suis un paysan...

– Il ne te manque qu'un peu de paille dans les cheveux! Pour Donelly, tu as les tuyaux?

– Tu penses! Aujourd'hyui, il y a une grande soirée au Mardene. La boîte fermera à minuit. La petite ne croit pas que Donelly se montrera avant onze heures. Il serait à Brighton et, d'après elle, il ne s'amènera guère que pour la fermeture. Il fera sa caisse, verra comment les choses ont marché et ira se coucher. Tout ça, bien entendu, sans garanties!

– Cette malheureuse fille, j'imagine que tu as rendez-vous avec elle, ce soir?

– Oui et non... En principe, c'est oui! Mais, si tu as quelque chose...

– Non. Ce soir, il ne se passera rien. Seulement, demain matin, ce sera peut-être différent. Passe me voir sur le coup de dix heures!

– Entendu!

Les deux hommes se levèrent et se séparèrent, Nikolls gagnant la rue et Callaghan montant chez lui. Une surprise l'attendait : Gringall était dans le petit salon debout devant la cheminée, les mains enfoncées au plus profond de ses poches, les dents serrées sur le tuyau de sa courte pipe de bruyère.

– Bonjour, Slim! Je vous attendais. Je me disais bien que vous ne tarderiez pas. Vous n'avez rien à boire?

– Vous ne voudriez pas!

Callaghan prépara les boissons. L'attitude de Gringall l'intriguait. Le policier vida sa pipe et la posa sur le marbre de la cheminée pour la faire refroidir. Acceptant le verre que Callaghan lui présentait, il dit :

– Slim, j'ai presque l'impression que je vous dois des excuses!

– Des excuses? A moi?

– Mais oui, Slim! Vous savez parfaitement que je pensais que vous me mentiez quand vous me déclariez n'avoir touché à rien dans le pavillon, et vous n'ignoriez pas que je me proposais une fois enregistrées les dénégations de Miss Wymering, de vous entreprendre et de montrer les dents.

– Bien sûr!

Gringall avala une gorgée de whisky et reprit :

– Je le comprends maintenant, dès ce moment-là, vous vous doutiez que c'était Patricia Alardyse qui avait emporté le mouchoir et arrangé la mise en scène que vous savez. Vous l'aviez deviné?

Callaghan, tout en rendant mentalement un hommage d'admiration à Patricia, répondit qu'il avait pour principe de ne jamais deviner.

– Mais, *vous*, comment avez-vous découvert ça?

– Il y a longtemps que j'aurais dû y songer! Patricia, autant qu'il me semble, est une gamine qui raffole du cinéma, passe son temps à faire des imitations de ses vedettes préférées et à jouer dans la vie des scènes de comédie. Elle aime le drame, le romanesque, et, cette histoire du pavillon. ça lui ressemble tout à fait. Qu'est-ce que c'est, en somme, sinon du mauvais théâtre?

– Exact! Elle a reconnu les faits?

– Oui. Et je lui ai flanqué une belle peur, je vous prie de le croire! Je suis allé à Dark Spiney aujourd'hui et j'ai eu une longue conversation avec Miss Wymering. Je l'ai interrogée sur la visite qu'elle a rendue au pavillon, immédaitement après le meurtre. Elle m'a dit n'avoir touché à rien et je l'ai crue. Elle était très émue, bouleversée même, elle n'est restée près du corps qu'un très court instant, elle se rappelle à peine ce qu'elle a vu. Je n'ai pas insisté.

Gringall termina son verre de whisky, prit sa pipe sur la cheminée et, tout en la bourrant, poursuivit :

– Je lui ai dit alors que *quelqu'un* avait procédé

à cette mise en scène dont je venais de lui parler, que ce quelqu'un ne pouvait avoir agi sans motif et que deux personnes seulement s'étaient approchées du cadavre entre le moment où Sallins l'avait découvert et celui où la police était arrivée. Ces deux personnes, c'étaient elle et vous. Si nous la tenions, elle, hors de cause, il ne nous restait donc qu'un coupable possible : Callaghan.

Gringall sourit à Callaghan, comme pour s'excuser.

– Certes, je me trompais. Mais j'avais tout de même un peu le droit de raisonner comme je le faisais. Il vous est déjà arrivé, Slim, de supprimer des indices et d'en maquiller d'autres, uniquement pour votre convenance personnelle. Passons!... Miss Wymering me déclara qu'elle ne voyait pas *pourquoi* vous auriez déplacé quelque chose sur les lieux du crime. Je lui fis observer qu'*il ne s'agissait pas* de ça, que je ne me demandais pas : « *Pourquoi?* », mais « *Qui?* », que la réponse ne pouvait être que « Miss Wymering » ou « M. Callaghan » et que, puisque ce n'était pas elle, c'était *nécessairement vous.* J'étais donc décidé à m'occuper de vous un peu énergiquement, quand...

– Quand?

– Quand la porte s'ouvrit, livrant passage à la jeune Patricia, qui, blanche comme un linge, faisait dans la pièce une entrée sensationnelle. Elle avait, de l'autre côté de la porte, écouté la conversation et elle nous arrivait, mourant de peur. Elle pouvait à peine parler, elle balbutiait, mais elle a tout de même admis que c'était elle qui avait emporté le mouchoir qui se trouvait près du corps. Il paraît qu'il lui appartenait et qu'elle l'avait, une huitaine de jours plus tôt, prêté à son beau-père pour nettoyer ses lunettes et qu'il avait oublié de le lui rendre. Elle nous expliqua ensuite qu'elle s'était souvenue que ses empreintes devaient être sur le pistolet, qu'elle avait manipulé quelques semaines plus tôt, un jour où le colonel le lui avait montré. Elle prétend que cette idée-là l'affolait. Elle ne se rendait pas compte, la petite niaise, que *d'autres empreintes* s'étaient nécessairement superposées aux siennes et qu'elle ne pouvait par conséquent être suspectée. Son mouchoir, ses empreintes, elle s'était dit que c'était assez pour qu'on la soupçonnât. Vivement, elle avait essuyé l'arme, ramassé son mouchoir et fichu le camp. Naturellement, elle n'avait pas parlé de ça à personne et c'était seulement en surprenant ma conversation avec sa tante qu'elle avait compris que, ce qu'elle avait de mieux à faire, c'était encore de dire carrément la vérité. Je l'ai sermonnée et j'en suis là. Voilà un point éclairci... et ça complique tout.

– Je veux bien le croire. En fait, vous voici revenu à votre point de départ!

Gringall articula un « oui » très réticent.

– A propos, reprit-il, je voudrais vous demander quelque chose! Que vous vous recommandiez de moi quand vous travaillez pour la bonne cause, je n'y vois pas d'inconvénient. Mais encore faut-il qu'il s'agisse vraiment d'une bonne cause. Qu'est-ce qui vous a pris d'aller raconter à Manston, de la police de Brighton, que je vous avais chargé de me procurer un renseignement, alors qu'en réalité vous enquêtiez pour votre propre compte sur Corinne Alardyse?

– J'ai pensé que votre nom me faciliterait les

choses, et, effectivement, j'ai obtenu cette information dont j'avais besoin : Corinne Alardyse est mariée à un certain Donelly, qui dirige le Mardene Club, près de Rottingdean, et qui n'est autre que l'auteur de la lettre anonyme envoyée au colonel, lettre dont il vous a fait tenir copie par la suite.

– Ce que vous ignoriez, c'est que, lorsque je me renseignais sur la famille, Manston m'avait déjà parlé du mariage de Corinne. Il a donc été assez surpris quand vous lui avez posé la question *en mon nom* et, dès que vous avez eu tourné les talons, il m'a appelé au téléphone. Pour la lettre, comment avez-vous trouvé ça?

– Une simple comparaison de textes dactylographiés. Il nous a suffi de joindre la secrétaire de Donelly. Corinne soupçonnait la vérité. Elle voulait être sûre.

– Parce que vous travaillez *pour elle* également? On dirait que vous vous défendez bien, dites donc?

– Vous plaisantez! Si j'ai accepté cette mission qu'elle voulait me confier, c'est parce que j'ai pensé que ça pourrait me servir. Elle ne m'inspire aucune confiance. Donelly est une crapule et elle vaut moins que lui encore!

– Possible. C'est elle, je crois qui, la veille du meurtre, a coupé les fils du téléphone?

– C'est ce *qu'elle dit.*

– Pourquoi?

– Elle aurait entendu le colonel déclarer qu'il tenait à me voir d'urgence au sujet d'une lettre qui l'ennuyait beaucoup, et comprenant qu'il m'appellerait de nouveau dans la soirée, à un numéro que Nikolls lui avait indiqué, elle aurait fait le nécessaire pour qu'il ne pût pas me toucher. Il paraît qu'elle voulait se donner le temps de réfléchir.

– Ou, en d'autres termes, de découvrir ce que contenait la lettre en question.

– C'est, du moins, ce qu'elle *raconte.*

– Vous ne la croyez pas?

– Non.

– Pourquoi non? Ça paraît plausible!

– Réfléchissez, Gringall! Elle surprend une communication qui lui apprend que son beau-père a reçu une lettre. Si importante, cette lettre, si grave, qu'il n'hésite pas à téléphoner sur-le-champ à un détective privé, après l'heure normale de la fermeture des bureaux. Peut-elle raisonnablement se dire qu'il lui suffira de couper la ligne pour gagner du temps? Si Stenhurst tient vraiment à me joindre il ira m'appeler ailleurs. *Et c'est bien ce qu'il a fait!* Son second coup de fil, celui que je n'ai pu recevoir, il me l'a passé de la cabine publique qui se trouve sur la route de Hangover à Alfriston.

– Admettons que les choses se soient passées comme ça. Il reste pourtant que Corinne peut avoir pensé que le colonel ne se dérangerait pas pour aller téléphoner de l'extérieur ou encore qu'un délai, même très court, lui suffirait pour mettre la main sur la lettre et en prendre connaissance avant que rien n'arrivât.

– Jamais de la vie! Le vieux Stenhurst était ce qu'il était, mais pas fou. Vous n'allez pas me prétendre que cette lettre importante, cette lettre qui venait de lui apprendre le mariage de Viola, il allait la laisser traîner quelque part où Corinne pourrait la découvrir! Voyons, Gringall?

– Vous avez sans doute raison. Je n'avais pas

vu la chose comme ça! Peut-être s'est-elle dit qu'elle parviendrait à jeter un coup d'œil sur la lettre... Sait-on jamais?

– D'accord, Gringall, on ne sait jamais. Mais laissons ça pour le moment et revenons à cette histoire du téléphone. Corinne *dit* avoir coupé les fils...

– Une seconde, Callaghan! Coupés, ils l'étaient. Les types d'Alfriston qui ont réparé la ligne, je les ai vus. Il s'agissait d'une coupure bien nette, bien franche. Elle ne s'est tout de même pas faite toute seule!

– Je n'en disconviens pas. Quelqu'un a coupé la ligne, c'est évident. Et ce quelqu'un, il est facile de le nommer!

Une flamme ironique brilla dans les prunelles de Gringall.

– Vous savez, Slim, qu'il y a des moments où je me dis que, pour un détective privé, vous n'êtes vraiment pas mal! Il m'arrive même de penser que vous pourriez bien être intelligent!

– Il faut bien que quelqu'un le soit! La vérité est qu'un détective privé est parfois bien plus à son aise pour travailler que ses collègues de la police officielle. Il peut faire un tas de choses *qui leur sont interdites.* Il n'est pas paralysé par les règlements, il peut séduire, corrompre, menacer, faire tout ce qu'il lui plaît, sans jamais perdre de vue toutefois qu'il est des risques qu'il convient de ne pas prendre et que, s'il ne se surveille pas, il peut fort bien finir son enquête au fond d'une cellule!

Gringall rallumait sa pipe.

– Une gentille profession de foi! Avec, au passage, un hommage implicite à la police officielle, dont je tiens à vous remercier, sachant qu'il est sincère.

Son sourire ironique donnait à la phrase un sens très particulier. Il poursuivit :

– Là-dessus, dites-moi *qui* a coupé la ligne, *pourquoi*, et aussi *comment* vous le savez!

– C'est vous qui me demandez ça! Mais c'est vous-même qui me l'avez dit!

Gringall fronça les sourcils et posa sa pipe sur la table.

– Enfin, nom d'un tonnerre, *de quoi parlez-vous*?

– Voyons, est-ce que ce n'est pas vous qui m'avez appris que la seconde communication de Stenhurst – dont nous savons maintenant qu'elle a été demandée de la cabine publique qui est sur la route de Hangover – avait été entendue par l'opératrice de la poste, qui a été en mesure de vous la rapporter? Bon... Il n'y a pas l'automatique dans la cabine en question. Je l'ai vérifié. Il faut passer *par le central*. A Dark Spinney, c'est autre chose : l'appel se fait directement sur le cadran du poste demandeur. Si le colonel n'a pas vu d'inconvénient à passer de chez lui sa première communication, pourquoi diable est-il sorti, pourquoi diable, s'est-il imposé cinq cents mètres de marche, quand il a voulu me rappeler?

– Vous allez me le dire!

– Réponse : parce qu'il *savait* que sa ligne était coupée. Il le savait pour une excellente raison : *parce qu'il l'avait coupée lui-même!*

Un petit sifflement filtra entre les lèvres de Gringall.

– Vous devenez *très intéressant*, Slim. Continuez!

– Notez que je vous donne tous ces renseignements-là gratuitement! Quand le colonel m'appelle pour la première fois, il est chez lui. Corinne, qui se trouve dans le hall, surprend la communication. Elle sait pourquoi Stenhurst veut me voir. Elle décide de *gagner du temps pour qu'il ne puisse pas m'avoir au bout du fil.* Elle a immédiatement l'idée de téléphoner à Donelly pour qu'il prenne les dispositions nécessaires. Elle sort, avec l'intention de l'appeler d'une cabine publique, mais, en cours de route, elle se souvient que les cabines publiques ne sont pas équipées en automatique et que les communications, assez rares à cette heure-là à la campagne, doivent donc passer par le central. L'opératrice pourrait écouter sa conversation, ce qui risquerait plus tard d'être gênant. Elle rebrousse chemin, regagne Dark Spinney et, du hall, téléphone à Donelly.

– J'y suis! *C'est Stenhurst qui a surpris sa communication!*

– C'est le petit grelottement qui fait tinter les postes secondaires quand on décroche le poste principal qui lui donne l'alerte. Il prend le récepteur et entend Corinne expliquer à Donelly qu'il faut qu'il fasse quelque chose et Donelly répondre qu'il ne demande pas mieux et qu'il la rappellera un peu plus tard pour lui faire savoir ce qu'il a décidé. Je suis clair?

– Suffisamment.

– Corinne, qui croit son beau-père endormi, attend le coup de fil de Donelly. Stenhurst, qui n'a jamais eu le caractère facile et qui était déjà très en colère quand il est monté à sa chambre, Stenhurst est *furieux.* Cette communication, il décide qu'elle ne la recevra pas. Il coupe les fils, sort par-derrière et va m'appeler de la cabine publique. Cependant, Donelly n'a pas perdu de temps et, quand le garçon du Night Light Club viendra me dire qu'on me demande au téléphone, je tomberai dans les pommes au moment d'empoigner le récepteur. Une âme charitable avait drogué mon whisky.

– Ce qui vous montre, Slim, à quoi s'exposent les détectives privés!

– Je sais. Vous autres, de la police officielle, vous avez une existence beaucoup plus calme et tranquille!

Gringall sourit.

– Et nous en arrivons au lendemain, le jour du crime! J'imagine que, là encore, *vous connaissez le coupable*?

– J'ai une quasi-certitude, mais, pour l'instant, je la garde pour moi. Inutile de m'interroger, inutile de menacer!

– Vous me prêtez des intentions que je n'ai pas! Moi, j'écoute et je me tais.

– Ce que je puis vous dire, Gringall, c'est ceci! Nous ne sommes plus loin de la conclusion. Quand un escroc commet un crime sérieux, vous le savez comme moi, il se fourre fatalement dans un pétrin impossible. Plus il se démène pour en sortir, plus il s'enfonce! L'affaire ne se prolongera plus longtemps, car l'explosion est imminente. J'ai toujours fait confiance à mes intuitions et je suis convaincu que quelque chose de définitif se produira d'ici vingt-quatre heures, au maximum. Vous n'avez rien de mieux à faire qu'à vous asseoir et à attendre.

– Parfait! Je vais m'asseoir et attendre. Mais pourquoi pensez-vous, Slim, que nous approchons de la fin?

– Vous connaissez le proverbe, Gringall! Quand les brigands se chamaillent, l'heure des honnêtes gens n'est pas loin de sonner. Il y a des tas de choses qui se préparent. Soyez patient, Gringall! Vous avez attendu longtemps, il serait dommage de tout gâcher maintenant en empêchant le feu d'artifice!

Gringall mit sa pipe dans sa poche et ramassa son chapeau.

– J'ai une vieille tante à Brighton, je vais de ce pas lui rendre visite. Il y a des années que je ne l'ai embrassée. Je vous verrai sans doute demain, pour avoir avec vous une petite conversation. Officielle, celle-là!

– Entendu!... Je vous verrai demain. Du moins, *je l'espère...*

CHAPITRE VIII

Callaghan, installé à une table du bar, à peu près désert, du Royal Suffolk Hotel de Brighton, acheva son septième « double whisky », remarqua pour lui-même qu'il buvait beaucoup trop, alla faire remplir son verre au comptoir et revint s'asseoir.

Il se sentait déprimé. Avec, pour cela, pensait-il, les meilleures raisons du monde.

Inutile de se faire des illusions, Gringall ne tarderait pas à devenir méchant. L'histoire de Patricia, il ne l'avait certainement pas crue une seconde. Gringall, dès le début de son enquête, s'était fait préciser l'emploi du temps de tous les hôtes de Dark Spinney dans les instants qui avaient suivi la découverte du corps et il savait fort bien que, Miss Wymering ayant fermé à clé la porte du pavillon en se retirant, personne n'avait pu y pénétrer après son départ. Il avait parfaitement raison lorsqu'il affirmait que, si Miss Wymering n'avait touché à rien, c'était *nécessairement* Callaghan qui avait emporté le mouchoir et déplacé l'arme. Sa conviction était faite et il savait très bien que Callaghan ne l'ignorait pas.

Seulement, il faisait semblant d'ajouter foi au roman de Patricia parce qu'il ne voulait pas, pour le moment, gêner les mouvements de Callaghan qui restait susceptible de découvrir encore bien des choses. En quoi il n'avait pas tort. Gringall s'était depuis longtemps rendu compte que c'était Callaghan qui avait maquillé les indices et lancé sur de fausses pistes une police qui, par son fait, n'avait pu travailler dans des conditions normales. Il n'y voyait, quant à lui, aucun inconvénient, à condition que Callaghan s'acquittât, en lui fournissant l'équivalent de ce qu'il avait détruit. Gringall voulait des preuves. De *vraies* preuves. S'il ne les obtenait pas, Callaghan devrait payer. Cher, aucun doute là-dessus.

Il songea à Corinne. Une sale créature, décidément. Faisant le mal pour le mal, sans doute, ne sachant pas très bien ce qu'elle voulait, mais se moquant éperdument de ce qu'il pouvait advenir aux autres par suite de ses actes.

Heureusement, il y avait Viola. Quoi qu'il dût arriver, il serait *pour* Viola. Elle n'était pas comme les autres. Pourquoi? Impossible de le dire. C'était comme ça parce que c'était comme ça! Patricia lui ressemblait un peu. Une chic fille, Patricia. Loyale, droite, très « sport ». Et qui, un de ces quatre matins, ferait une bien jolie femme. Corinne, par contre...

Le bar s'était vidé.

– Nous fermons dans trois minutes, dit le barman, s'adressant à Callaghan. Vous prenez le dernier?

Callaghan se leva.

– Pourquoi pas?

Il s'approcha du comptoir, surveilla le remplissage de son verre, le vida d'un trait, paya et demanda s'il pouvait téléphoner.

– Vous trouverez une cabine dans le couloir.

– Merci! Gardez la monnaie.

Callaghan alla s'enfermer dans la cabine et composa sur le cadran le numéro du Mardene Club.

– Oui? dit une voix haut perchée.

– Je désirerais parler à M. Donelly. J'ai besoin de le voir.

– Il ne sera pas ici avant minuit, mais je ne crois pas qu'il vous recevra à cette heure-là. Il est même probable que vous ne pourrez pas l'avoir au téléphone. A minuit, nous fermons!

– Possible! Il me parlera tout de même, que ça lui plaise ou non! Je m'appelle Callaghan. Vous pouvez le prévenir. Je rappellerai peut-être...

– Parfait! dit la voix, sur le mode ironique. Monsieur est sans doute une « dur de dur »?

– Peut-être bien! Ça vous gêne?

Il raccrocha sans attendre la réponse.

. . . .

Minuit sonnait à l'église de Hangover quand Callaghan, qui venait d'arrêter sa voiture sur le bord de la route, pénétra dans cette même cabine téléphonique publique d'où le colonel Stenhurst avait essayé de lui parler la veille de sa mort. Il glissa deux pièces de monnaie dans l'appareil et demanda à l'opératrice de bien vouloir le mettre en relation avec le Mardene Club. La même voix pointue, qu'il avait entendue une heure plus tôt, fit résonner l'écouteur.

– Allô! Je ne me trompe pas. C'est bien l'aimable M. Callaghan?

– Lui-même! Donelly est là? Dites-lui que je désire lui parler.

– D'accord!... Mais pourquoi ne le demandez-vous pas gentiment?

Une minute passa, puis Donelly vint en ligne.

– Allô! Callaghan! Ça fait plaisir d'avoir de vos nouvelles! Comment ça va! J'adore bavarder avec les vieux amis!

– Ça tombe bien. J'ai justement besoin de vous voir.

– J'ai eu une rude journée et je me proposais d'aller me coucher, mais, si c'est important, venez! Je serai content de vider un verre avec vous.

– Merci! Quant à vous dire si c'est important, je ne peux rien affirmer... C'est de l'argent que j'ai à vous remettre!

– Non? D'où peut-il bien venir?

– C'est de l'argent que Corinne a oublié de vous remettre, *la dernière fois*! Soixante-quinze livres, qui sont restées comme qui dirait collées dans son sac à main!

Donelly éclata d'un bon rire bien franc, d'un rire d'honnête homme qui n'a rien à se reprocher.

– Sans blague? Avouez qu'elle est raide! Alors, cette petite saleté me doublait?

– Oui... et non! La preuve en est qu'elle se repent.

– Il y a, en effet, des moments où Miss Alardyse sait ce qu'il est sage de faire. Je vous attends dans combien de temps?

– Je vais appuyer sur le champignon. Je serai chez vous dans vingt minutes!

– Alors, à tout de suite!

Callaghan sortit de la cabine téléphonique. La

promenade qu'il avait faite en quittant le bar du Royal Suffolk lui avait réussi. Il avait la tête claire.

A minuit et demi, son auto garée près d'un bouquet d'arbres à peu de distance de la route, Callaghan suivait à pied l'allée menant au Mardene Club. Il se sentait en pleine forme. Il gravit le perron, pressa la sonnette et attendit. Une minute passa. Puis la lumière s'alluma dans le hall d'entrée, la porte s'ouvrit et Callaghan reconnut devant lui, illuminée d'un large sourire, la grosse figure de George.

– C'est pourtant vrai! s'écria l'homme. C'est M. Callaghan soi-même... Comment allez-vous, monsieur?

– On ne peut mieux. Donelly est là?

– Il vous attend. Si vous voulez vous donner la peine de me suivre...

George ferma la porte, mit le verrou et, précédant Callaghan, prit le couloir qui conduisait au bureau de Donelly. Le cigare à la bouche, très élégant dans son smoking bien coupé, le directeur du Mardene Club n'était pas seul. Debout près de la cheminée, adossé au mur, un grand jeune homme lui tenait compagnie. Il était pâle, avec de larges épaules, des yeux très rapprochés et des lèvres si rouges qu'on aurait pu les croire fardées. Il sourit d'un air méprisant à l'entrée de Callaghan.

– Bonsoir, Donelly! dit Callaghan.

Donelly s'était levé pour l'accueillir.

– Bonsoir, Callaghan! Je suis ravi de vous voir. Je vous présente mon bras droit, M. Eustace Villet.

– J'imagine que c'est la mauviette qui m'a parlé au téléphone?

Tourné vers Villet, il ajouta :

– Mon cher Eustace, vous devriez prendre l'habitude d'être poli quand vous parlez aux gens. Sinon, un de ces jours, vous pourriez ramasser un mauvais coup!

Villet répliqua de sa petite voix pointue :

– Vraiment? Je me demande de qui!

– Peut-être de moi! Pour deux pence, je vous démolirais le portrait!

Villet plonga la main dans sa poche et l'en tira tout aussitôt, quelques pièces de monnaie au creux de sa paume. Donelly intervint.

– Du calme, Eustace! Il ne faut pas t'énerver pour un rien.

– Ce type-là me met à cran! Qu'est-ce qu'il se croit donc?

Callaghan alluma une cigarette. Donelly se tourna vers George.

– Ne reste pas là à ne rien faire! Donne-nous plutôt à boire!

Avec un sourire mielleux, il ajouta, pour Callaghan :

– Le Mardene Club se préoccupe du confort de ses hôtes.

La phrase parut de mauvais augure à Callaghan, qui se rapprocha de la cheminée. George se déplaça pour lui apporter la boisson qu'il venait de préparer pour lui.

– Alors, Callaghan, reprit Donelly, qu'est-ce qui ne va pas?

Callaghan but une longue gorgée de whisky et posa son verre sur le marbre de la cheminée.

– Je crois qu'il est inutile que nous fassions des phrases. Vous savez comme moi de quoi il retourne. A notre dernière rencontre, je vous ai dit que je travaillais pour Corinne Alardyse et que j'étais son ami, bien que peut-être elle ne s'en doutât pas. J'ai des raisons de penser que, maintenant, elle le sait.

– Vraiment? C'est très intéressant!

– Ça pourrait le devenir!

Il tira de son portefeuille les quinze billets de cinq livres que Corinne lui avait remis et les posa sur le bureau, devant Donelly.

– Voici les soixante-quinze livres que votre femme avait conservées lors du dernier paiement.

Donelly, avec un cran que Callaghan ne pouvait s'empêcher d'admirer, se mit à rire.

– Ainsi, vous savez que nous sommes mariés?

– Je sais un tas de choses. Vous formez un joli couple de fripouilles. A votre décharge, on ne peut dire qu'une chose : c'est que vous êtes très forts!

– Venant de vous, c'est plutôt un compliment. Le fait est que nous n'avons pas été maladroits.

– Ce n'est pas mon avis, Donelly! J'ai passé la plus grande partie de mon existence à m'occuper de types dans votre genre. Ils commettent toujours une erreur. Vous, autant qu'il me semble, vous avez pu l'éviter! Votre affaire était magnifiquement montée. Malheureusement, Corinne a commis une petite faute...

Donelly haussa les épaules.

– Que voulez-vous, Callaghan? C'est une femme. Elle manque de logique. Eh bien! il me reste à vous remercier pour les soixante-quinze livres! J'estime que c'est assez gentil à Corinne de me les avoir restituées.

Un sourire ironique aux lèvres, il ajouta :

– Vous êtes bien sûr que vous venez de sa part? Ce fric, c'est bien elle qui me l'envoie? Vous ne me remettez pas cette menue somme pour quelque mystérieuse raison que vous êtes seul à connaître?

– Vous avez deviné! Cet argent, Corinne ne me l'a pas donné pour vous le rendre, mais pour que je lui découvre l'auteur de la lettre anonyme adressé à Stenhurst. Je l'ai trouvé, mais je suis aussi arrivé à cette conclusion que je ne voulais pas de ces soixante-quinze livres.

– Bel exemple de désintéressement! Vous n'êtes pourtant pas dans les affaires pour le plaisir!

– Non. Seulement, cet argent-là sent un peu trop mauvais pour mon goût!

– Mon pauvre Callaghan!... Vous ne savez donc pas que l'argent n'a pas d'odeur? Ces livres en valent d'autres. Elles ont autant de pouvoir d'achat que les autres!

– Vous voulez parier que vous n'êtes pas près de les dépenser?

– Vraiment?... Et pourquoi?

– Je vais vous l'expliquer. Votre meilleur atout, c'est que vous êtes le mari de Corinne. Si l'on venait à vous accuser de faire chanter Viola Alardyse depuis longtemps, vous nieriez. Vous admettriez avoir reçu de temps à autre de l'argent de votre femme et vous ne feriez aucune difficulté pour reconnaître que vous saviez d'où venait cet argent. N'est-il pas normal que Viola Alardyse accorde des compensations à la sœur dont elle a usurpé l'héritage? D'accord là-dessus?

– D'accord!

– Bien entendu, vous ne diriez pas que, tenant

de Sharpham lui-même qu'il avait épousé Viola, vous êtes venu à Hurstmonceux tout exprès pour vous renseigner sur la situation et que vous avez, ensuite, épousé Corinne de façon à pouvoir, par son entremise, faire chanter Viola. Vous ne diriez pas ça?

Donelly avait l'air de s'amuser.

– Certainement pas! Ce ne serait pas vrai. La bonne explication, c'est celle que vous avez donnée en premier.

– Pour vous, elle est évidemment plus avantageuse. Seulement, rien ne prouve que Corinne confirmera vos dires!

Villet, toujours adossé au mur, fit un mouvement.

– Toute cette histoire est assommante! On ne pourrait pas passer à autre chose?

Donelly lui jeta un regard oblique.

– Ça t'ennuierait de la fermer, non? Quand j'aurai besoin de ton avis, je te ferai signe!

Villet reprit sa position primitive. George se tenait à l'autre extrémité de la pièce, debout lui aussi et les mains croisées sur son ventre. Donelly, que son sourire n'abandonnait guère, trempa ses lèvres dans son verre et reprit la conversation.

– Alors, Callaghan, vous pensez que Corinne va me donner?

– Je ne le pense pas, j'en suis sûr.

Le ton était catégorique, mais le détective avait des doutes sur la réussite de son bluff. Donelly se leva, posa son cigare à demi consumé dans un cendrier, contourna son bureau et vint s'asseoir sur le dessus du meuble.

– Votre tort, Callaghan, est que vous essayez de bluffer sans même savoir ce que vous avez en main ! Si vous préférez une autre comparaison, je dirai que vous avez assemblé deux ou trois pièces d'un « puzzle » et que vous vous appliquez à faire croire que vous l'avez reconstitué en entier, alors que vous ne savez même pas où sont les pièces manquantes !

– C'est à voir !

– Si ça peut vous faire plaisir, d'accord ! Laissez-moi pourtant vous dire deux mots de ma tendre épouse ! Elle passe, je le sais, une bonne partie de son existence à me détester. Pas beaucoup, mais suffisamment. Quant au reste du temps, elle est folle de moi. Littéralement. Elle ne fera rien contre moi, Callaghan. Elle ne dira rien qui puisse me nuire. C'est pourquoi je suis le maître de la situation, et vous le savez bien ! Je suis sans inquiétude sur ce que Corinne a pu faire et ce que peut dire miss Viola Alardyse – Mme Sharpham, si vous préférez – m'est parfaitement indifférent. On peut dire et faire ce qu'on veut, on ne peut rien contre moi. Je suis paré. Celui qui est dans une position difficile, ce n'est pas moi, Callaghan, c'est vous ! Et je ne vous l'apprends pas !

– Etes-vous bien sûr que vous n'oubliez pas quelque chose ?

– Qui serait ?

– Le meurtre du colonel Stenhurst, par exemple.

D'un haussement des épaules, Donelly exprima son opinion avant de la préciser par des mots.

– Ça ne me concerne pas. Je crois, et c'est par ici le sentiment de tout le monde, que le bonhomme s'est suicidé. Mais, qu'il ait lui-même mis fin à ses jours ou qu'on l'ait assassiné, ça m'est égal ! Qu'est-ce que vous voulez que ça me fasse ?

Tourné vers Villet, il ajouta :

– Tu vas voir, Eustace, que, dans deux minutes, il m'accusera d'avoir descendu feu le beau-père de ma femme!

Une expression de dégoût se plaqua sur le visage de Villet.

– Aussi crétin que fumier!

Callaghan sourit.

– Un de ces quatre matins, mon petit Eustace, je serai obligé de te dérouiller!

– Ne nous menaçons pas! s'écria Donelly. Nous avons jusqu'ici bavardé très gentiment. Pourquoi ne pas continuer?

Callaghan ayant déclaré que cela valait, en effet, beaucoup mieux, Donelly poursuivit :

– Je ne vois pas, Callaghan, pourquoi vous jetez le nom de Stenhurst dans la discussion. Cette affaire, je vous le répète, ne me concerne en rien. Le jour de sa mort, je n'ai pas bougé de Brighton, trente personnes peuvent en témoigner. Vous ne prétendriez pas, par hasard, que je l'aurais tué?

– Non, mais sa mort peut vous causer des ennuis considérables.

– Vraiment? Et pourquoi?

– A cause de Corinne.

– Mon cher Callaghan, des bonshommes de votre acabit, j'en ai déjà rencontré. Vous êtes un pauvre bougre de détective, qui tâche de gagner quelques malheureuses livres en s'occupant des affaires de gens qui ne lui demandent rien; vous vous êtes dit qu'il vous serait sans doute possible de me faire chanter et vous essayez de me bluffer en me parlant de ma femme. Corinne va faire ci, Corinne va faire ça, etc. Eh bien, Callaghan, vous avez mal calculé! Corinne ne fera jamais rien qui puisse m'ennuyer. Elle ne pourrait pas!

– Vous croyez ça?

– J'en ai la certitude absolue! Vous comprenez, Corinne, je la connais un peu mieux que vous ne la connaissez! Je sais ce qu'elle a dans le corps et ce qu'on peut très exactement attendre d'elle. Elle a un côté fâcheux : il y a chez elle un certain sadisme, dont je vais vous donner un exemple. Au cours de votre dernière conversation, elle vous a invité à venir me trouver pour me donner une correction. Elle vous donnait à entendre que, si vous m'administriez une solide raclée, elle pourrait vous dire des choses intéressantes.

Callaghan restait muet. Donelly poursuivit :

– Eh bien, savez-vous ce qu'elle a fait, Corinne? Elle m'a téléphoné ce soir pour me mettre au courant. Elle m'a dit que vous étiez assez bête pour venir ici dans l'intention de jouer les brutes et elle m'a demandé comme une grâce de préparer votre réception et de m'arranger pour que vous soyez, vous, corrigé comme vous ne l'avez jamais été encore au cours de votre garce de vie. Je lui ai promis qu'elle aurait satisfaction et j'aime autant vous prévenir que nous allons vous soigner. Quand mes petits camarades en auront terminé avec vous, votre mère elle-même ne vous reconnaîtrait pas! Vous serez si gentiment aplati qu'on pourrait vous afficher au mur avec quatre punaises! Quand vous rentrerez chez vous, *si vous en réchappez*, vous serez probablement guéri de vous mêler des affaires des autres, et *des miennes* en particulier!

Ayant dit, Donelly alla se rasseoir derrière son bureau. Eustace Villet commençait à se frotter les mains. Callaghan prit son verre sur la cheminée et, avec une humilité inattendue, s'adressa à Donelly.

– Ecoutez-moi, Donelly! Il se peut que, dans toute cette histoire, je me sois conduit comme un imbécile. Mais il n'y a aucune raison pour que nous ne trouvions pas...

Callaghan, laissant sa phrase inachevée, lança le contenu de son verre au visage de Villet. C'était du whisky à peu près pur. Avec un hurlement, Eustace porta ses mains à ses yeux. Déjà Callaghan ne s'occupait plus de lui. S'emparant de l'encrier qui se trouvait sur le bureau, il le jetait dans la direction de George, qui se baissa juste à temps. L'encrier se fracassa derrière lui, sur le mur, cependant que George, courbé en deux, fonçait sur Callaghan. Le détective le laissa approcher et l'accueillit d'un coup de pied. Atteint à l'estomac, George roula sur le parquet. Au même instant, Villet, l'injure à la bouche, se ruait sur Callaghan, qui, pour l'éviter, se laissa tomber à la renverse. Emporté par son élan, Eustace s'affala sur lui, pour recevoir dans le ventre un formidable coup de genou, qui ne l'empêcha pas de délivrer à son adversaire une terrible droite en pleine face. Callaghan riposta par un gauche qui toucha à la tempe. Villet s'écroula sur le côté.

Callaghan, d'un preste mouvement, se mit debout. Du coin de l'œil, il surveillait George, qui se relevait péniblement. Le détective cracha une molaire. Ses lèvres coupées saignaient abondamment. Il regarda Eustace qui, haletant, s'aggrippait au marbre de la cheminée pour se remettre sur pied.

– Alors, mauviette, on est déjà fatigué?

Donelly avait allumé un nouveau cigare. Souriant, renversé dans son fauteuil, il donnait des conseils à George, prêt à reprendre le combat.

– Ne te presse pas, George. Nous avons le temps. Méfie-toi du judo et sers-toi de tes pieds!

George tournait autour de Callaghan, qui reprenait son souffle.

– A propos de judo, George, dit le détective, connais-tu ça?

Il avançait, le bras droit plié. George attendait une attaque de front, mais, brusquement, Callaghan lui tourna le dos pour revenir à Villet, toujours pantelant au coin de la cheminée. Du plat de sa main ouverte, Callaghan frappa. Il y eut un craquement et, avec un cri aigu, Eustace fléchit des genoux, la mâchoire disloquée. Des larmes jaillirent de ses yeux. Callaghan lui envoya dans les jambes un coup de pied qui précipita sa chute. Villet s'écroula devant le foyer de la cheminée.

– A toi, George! ordonna Donelly. Montre-nous ce que tu sais faire!

Sa voix n'était plus tout à fait la même que tout à l'heure. Elle trahissait maintenant une vague inquiétude.

– Bonne idée! s'écria Callaghan. Allons, George, manifeste-toi un peu!

Il cracha une seconde dent et tomba en garde. George fit de même, feintant du gauche, puis du droit, préludant ainsi à un coup de pied de pointe, qui eût touché à l'estomac si Callaghan ne l'avait pas attendu, et même espéré. Le détective recula d'un pas, saisit le pied de son adversaire et, tout en lui imprimant un violent mouvement de torsion, l'éleva en l'air. George partit à la renverse. Callaghan lui accorda le temps de se remettre à genoux, puis, ajustant son coup, lui expédia sous le menton un magistral *uppercut*, qui le renvoya au plancher, inanimé cette fois. Cependant, réunissant ses dernières forces, Eustace arrachait du foyer un lourd chenet de cuivre et le lançait sur Callaghan, qui, touché à la nuque, s'effondra. Le coup avait été rude et les deux premières tentatives que Callaghan fit pour se relever demeurèrent vaines.

Donelly repoussa son fauteuil en arrière et dit :

– Tu ne te défends pas mal du tout, Callaghan... Seulement, maintenant, je vais te finir... *Et comment!*

Callaghan était debout. Pas très beau à voir, avec son œil droit fermé, ses lèvres gonflées, son veston déchiré et couvert de sang. En piteux état, évidemment, mais lucide. Il lui fallait gagner du temps. Tandis que Donelly faisait le tour de son bureau, il se porta vers l'autre bout de la pièce, prenant bien soin, au passage, de marcher d'abord sur George, puis sur Eustace, en appuyant de tout son poids sur leur poitrine.

Très calme, très frais, Donelly souriait. Il plaisantait :

– Tu es nettoyé, Callaghan! Qu'est-ce que tu peux faire *maintenant*? Tes chances sont égales à zéro. Il faut te résigner à dérouiller!

Callaghan, les mains basses, semblait épuisé. Il se laissa tomber sur les genoux. Donelly grimaça de plaisir et, les poings fermés, s'avança. Callaghan n'attendait que cela. D'une brusque détente, projetant son corps en avant, il enlaça de ses deux bras les jambes de Donelly, à la hauteur des genoux, et tira à lui. Dès qu'il sentit son adversaire en rupture d'équilibre, il *poussa*, puis, presque aussitôt, tira à lui de nouveau, tout en enfonçant lentement sa tête dans le ventre de Donelly, qui, le souffle coupé, lui tomba sur l'épaule. Callaghan se débarrassa de lui d'une secousse. Donelly, plié en deux, recula de trois pas. Sa tête vint heurter avec violence l'angle de son bureau, mais il ne s'écroula pas. Il resta debout, la joue ouverte, chancelant et à demi étourdi.

Callaghan s'était remis sur ses pieds. Campé au milieu de la pièce, il regarda autour de lui, tout en reprenant haleine. A sa gauche, George était toujours étendu par terre, parfaitement inconscient. Donelly s'appuyait des deux mains à son bureau. Près de la cheminée, Villet, grognant des injures indistinctes, commençait à bouger. Callaghan recula jusqu'au secrétaire, empoigna le siphon d'eau de Seltz et le jeta sur Eustace, qui le reçut en pleine figure et cessa de grommeler. Le siphon ricocha sur un chenet et éclata en mille morceaux.

Callaghan avait repris sa respiration, mais une douleur aiguë lui travaillait le cou. Il pouvait à peine bouger la tête et n'y voyait plus que d'un œil, d'ailleurs à demi fermé.

– Alors, Donelly, qu'est-ce qu'on attend?

Il marcha sur Donelly, qui, remis de ses récentes émotions, fit, lui aussi, un pas en avant. A bonne distance, Callaghan se laissa aller à terre et, utilisant de nouveau sa connaissance du judo, saisit les jambes de Donelly dans un « ciseau » qui le renversa sur le sol. Callaghan, à genoux, se porta vers lui et lui décocha un *hook* qui manqua son but et lui fit perdre l'équilibre. Une seconde plus tard, les doigts de Donelly se refermaient sur sa gorge et commençaient à serrer.

Callaghan put écarter la main droite de son adversaire et la maintenir dans la sienne, mais la seconde continuait de l'étrangler. Il étouffait. Autour de lui, tout s'obscurcissait. A demi inconscient déjà, il put approcher la main droite de Donelly de sa bouche. De toutes ses forces, il mordit. Ses dents, s'enfonçant dans la chair, pénétraient jusqu'à l'os. Donelly desserra son étreinte. Callaghan, tous ses muscles bandés, parvint à se mettre à genoux, entraînant Donelly avec lui. Ils retombèrent ensemble sur le côté, mais Callaghan, se dégageant vivement, put, de son coude, fracasser le visage de Donelly, qui, assommé, s'écroula sur le corps d'Eustace.

Callaghan resta à genoux. Il avait l'impression que la pièce tournait autour de lui, qu'elle était tantôt éclairée et tantôt plongée dans l'obscurité. Il s'ébroua comme un pugiliste qui vient d'encaisser le coup qui le met *knock-out*, mais ne veut pas se laisser « compter dehors ». Les meubles semblèrent vouloir s'immobiliser. Callaghan se leva, alla d'un pas incertain jusqu'au secrétaire, trouva, presque à tâtons, la bouteille de whisky, dont il porta le goulot à ses lèvres meurtries. Il but longuement. Après quoi, accoté au meuble, il se préoccupa de ses adversaires.

Eustace était toujours allongé devant la cheminée. Parfaitement inconscient, de même que Donelly, qui gisait sur le dos, les jambes écartées et les bras en croix. George, presque revenu à lui, prenait d'une main appui sur le plancher, afin de se relever. Sans doute essayait-il de se convaincre qu'il avait un moral suffisant pour reprendre le combat.

Callaghan tâta son cou. Il était raide comme un bout de bois. Tous ses membres, d'ailleurs, tous ses muscles étaient endoloris. Il empoigna de nouveau la bouteille de whisky, avala quelques bonnes gorgées, puis jeta le flacon sur le sol, où il se cassa. Callaghan regarda le tapis absorber le liquide et se dirigea vers George, qui, à quatre pattes maintenant, tâchait de retrouver assez de lucidité et de forces pour se remettre debout.

– Attends, camarade! murmura Callaghan. Je vais te donner un coup de main.

Il s'agenouilla près de George, assura son équilibre en appliquant sa main gauche sur le plancher, puis délivra à George un *swing* du droit qui s'écrasa sur sa mâchoire avec un bruit mat. L'homme vacilla et retomba sur le dos.

Callaghan se releva et s'approcha de Donelly. Par terre, quelque chose attira son attention. Il le ramassa et le mit dans sa poche, en disant par deux fois :

– Ça alors!

Après quoi, souriant, bien que la chose fût pénible à ses lèvres boursouflées, il gagna la porte et sortit après un dernier coup d'œil aux vaincus de la soirée.

Il lui fallut du temps pour se retrouver dehors et ce fut d'un pas mal assuré qu'après avoir dégringolé les marches du perron plus vite qu'il ne l'eût souhaité il se mit en route vers sa voiture. L'air de la nuit l'avait saisi et il allait de la démarche oscillante d'un ivrogne. Une première chute le précipita contre un arbre, une seconde le jeta dans un fossé, caché par un bouquet de rhododendrons dont les branches s'avançaient fort avant sur le bas-côté de l'allée. Sa tête bourdonnait, une brûlure cuisante mordait sa cheville gauche, son cou lui refusait tout service, il avait des envies de vomir, mais il sentait en lui l'orgueil du triomphe. Il avait de la peine à assembler ses idées. Pourtant, il était assez lucide pour se dire que la chance, quelquefois, vous servait. C'était rare, mais ça arrivait! Ce soir, il avait eu un extraordinaire coup de veine. La certitude qu'il cherchait, une seule chose pouvait la lui donner. Depuis tout à l'heure, il l'avait!

Il s'affala enfin contre la carroserie de la Lagonda. Il agrippa la portière des deux mains et prit quelques longues inspirations. Son cerveau s'éclaircissait. Il s'assit sur le marchepied, posa ses coudes sur ses genoux et, le menton dans ses paumes, se mit à réfléchir.

Une grimace tordit son visage. Il était mal en point. Mais Donelly, Eustace et George n'avaient rien à lui envier. Cette pensée le réconfortait. La vie commençait à l'intéresser de nouveau.

Une ombre glissa sur la route et quelqu'un vint s'asseoir à côté de lui.

– Slim, mon pauvre Slim! Qu'est-ce qu'ils vous ont fait?

Il reconnut la voix : c'était Corinne. Tournant un peu la tête, il dit :

– Vous voilà, petite ordure!... Petite saloperie!

– Je sais ce que vous pensez, Slim, répondit-elle vivement. Mais vous vous trompez! *Il fallait* que ce fût comme ça! C'était nécessaire...

– Comme vous dites!

– Je vous ai dit, reprit-elle, que ce serait une bonne chose. C'est vrai, Slim! *Vous verrez!*

Elle se leva, ouvrit la portière, aida Callaghan à monter en voiture, prit les clés dans la poche de son veston et s'installa au volant.

– Patientez, mon cher Slim! Vous verrez!

Il jura entre ses dents. La voiture démarrait.

Corinne prit la route de Rottingdean, puis celle d'Eastbourne. Elle conduisait vite. L'auto, enfin, s'arrêta sur la route de Pevewsey, à quelques centaines de mètres des Roches. Corinne descendit de son siège, vint ouvrit la portière à Callaghan, lui rendit ses clés et dit :

– Venez, Slim ! Je vais vous soigner... J'ai une villa ici... faites-moi confiance, *une fois encore!*

Callaghan fit la grimace.

– J'essaie les choses une fois. Et deux quand elles me plaisent. Par exception, je vous fais confiance une seconde fois, mais *ça ne me plaît guère!*

Non sans peine, il sortit de la voiture pour suivre, soutenu par Corinne, le petit sentier qui montait à la villa.

. . . .

Il était trois heures du matin quand Callaghan ouvrit les yeux. Il ne pouvait tourner la tête qu'avec difficulté, ses paupières et ses lèvres lui faisaient mal.

Assise à côté du lit, dans un immense fauteuil, Corinne le veillait. Auprès d'elle, sur la table, il y avait un petit réchaud à pétrole, dont la flamme léchait une cafetière. La jeune femme se leva, emplit une tasse de café et la lui apporta. Il la prit d'une main tremblante et but sans hâte. Il aperçut, posés sur le dos d'une chaise, ses vêtements, déchirés et tachés de sang : son veston, son gilet, son col et sa cravate. Il se redressa, s'assit sur le lit, les pieds par terre, et dit :

– Alors?

Elle lui sourit. Elle avait l'air parfaitement à l'aise.

– Slim, *nous ne pouvions pas éviter cela*! Il n'avait plus confiance en moi. Il me soupçonnait depuis que vous étiez allé le trouver et que vous lui aviez déclaré être de mes amis. Il pensait que vous travailliez pour moi et il me fallait faire *quelque chose* pour regagner sa confiance. C'était absolument *indispensable* et c'était dans une bonne intention, vous le comprendrez tout à l'heure. Alors, je lui ai téléphoné pour lui annoncer votre visite et lui demander de vous administrer une correction. Je lui ai dit que je vous détestais, que je l'aimais et que je ne pouvais supporter l'idée qu'il crût que je jouais contre lui. Il a marché. Conclusion : il aura confiance de nouveau et tout se passera bien, puisque je ferai de lui ce que je voudrai.

– *Chère petite chose!*

– Je sais que vous avez horreur de moi...

Il l'interrompit.

– Ce n'est pas tout à fait le mot, mais ça n'a pas d'importance. Ce que je voudrais savoir, douce créature, c'est quel était votre plan. Où vouliez-vous en venir?

– Vous verrez, Slim, vous verrez!

Elle était agenouillée près de lui et le regardait bien en face. Il sourit. Ses muscles faciaux, maintenant, lui faisaient moins mal.

– Pauvre petite idiote! Je vous plains...

Elle se mit debout.

– Vous me plaignez? Et pourquoi donc? Je n'ai pas besoin de votre pitié!

– Ne croyez pas ça : vous en avez besoin au contraire!... et de celle de tous ceux qui voudront bien vous accorder la leur! Vous êtes la grande imbécile de l'aventure, celle qui s'est fait posséder en long, en large et en travers, la pauvre crétine qui ne sait pas se garer quand il commence à pleuvoir! Votre petit copain se fiche de vous depuis le premier jour et il a dû rigoler quand il a *fait semblant* de vous épouser!

Elle ouvrait de grands yeux stupéfaits.

– Comment, « quand il a *fait semblant* »? Vous êtes fou? *Donelly m'a bel et bien épousée.* Il m'a aimée, il m'a...

Callaghan, une fois encore, lui coupa la parole.

– Des clous! S'il a aimé quelqu'un dans votre famille, c'est Viola!

D'une voix sifflante, elle dit :

– Qu'est-ce que ça signifie, ça?... Vous déraisonnez, non?

Callaghan la dévisageait du seul œil qu'il pût ouvrir complètement.

– Je pense, déclara-t-il, qu'il n'a jamais aimé personne. Ce n'est pas son genre. Mais, s'il a jamais été près d'être amoureux de quelqu'un, c'est de Viola, *et non pas de vous*! Pour elle, la chose me paraît possible...

– Vous mentez! Il ne l'a jamais vue. Il ne lui a jamais parlé. Il m'a aimée...

– Non. *Il faut que vous sachiez qu'il ne s'appelle pas Donelly. Il s'appelle Sharpham et il est le mari de Viola. C'est Donelly qui est mort en Italie.*

– Mon Dieu!

Tout de suite, elle se ressaisit :

– Ce n'est pas vrai! Vous inventez ça. Ce ne peut pas être vrai!

– Donelly, l'homme que vous *croyez* être Donelly, a-t-il, sous le bras gauche, une petite marque qui a la forme d'une fraise?

Interprétant à bon droit le silence de Corinne comme une réponse, Callaghan poursuivit :

– Il est donc bien Sharpham, Rupert Sharpham, le mari de Viola.

Elle le regardait, avec des yeux de folle. Il continua :

– Il est Sharpham. Quand il fut abattu en Italie, avec Donelly, c'est lui, *Sharpham*, et non pas Donelly, qui fut sérieusement blessé, lui, *Sharpham*, qui eut le nez et la mâchoire fracturés et dont les blessures furent soignées par le chirurgien italien du camp. La lettre de Viola lui apprit que, du fait de son mariage, elle devait renoncer à la fortune maternelle. Ce qu'il a dû penser de ça, vous pouvez le deviner. Mais il n'a rien dit et, plus tard, quand il a été rétabli, il s'est évadé, en compagnie de Donelly. Celui-ci fut tué par un obus. Littéralement écrabouillé. J'ai vu les rapports officiels de la R.A.F.

Après une courte pause, il reprit :

– Sharpham découvrit qu'il avait à jouer une partie magnifique et *facile*. Il s'empara des papiers de son camarade et ce fut en tant que Donelly qu'il revint en Angleterre. Tout ce qu'on sait de la mort de Sharpham, on le tient de lui. Toutes les chances étaient de son côté. Il sut les mettre à profit. En Angleterre, personne ne le reconnaît. Personne ne pouvait le reconnaître et c'est comme Donelly qu'il se fait envoyer en convalescence à Hurstmonceux, non pas par hasard, mais parce que Dark Spinney n'est pas loin et qu'il cherche à savoir comment il pourra tirer parti de la situation. Là-dessus, coup de chance qu'il ne pouvait espérer, il *vous rencontre*! Il vous joue la comédie de la passion et, vous, pauvre imbécile, vous donnez dans le panneau! Il vous persuade de l'épouser. Pour lui, c'était indispensable. Et vous l'épousez! Vous devenez la femme de Sharpham, qui est le mari de Viola. J'en ris encore!

– Je ne vous crois pas. Vous mentez! *Je ne vous crois pas!*

– C'est votre droit. Seulement, écoutez encore ça! Sharpham avait été blessé deux fois, avant de se faire descendre en Italie. D'abord, à l'épaule, ensuite, à la main. Il avait fallu l'amputer du petit doigt. Tout à l'heure, tandis que *votre* Donelly essayait de m'étrangler, je l'ai mordu à la main et son petit doigt m'est resté dans la bouche. Je l'ai recraché et, un peu plus tard, je l'ai retrouvé par terre. *Il est en caoutchouc.* Je vais vous le montrer.

Il alla fouiller dans le gousset de son gilet. Quand il revint auprès de Corinne, il tenait au creux de sa paume ce qu'il avait ramassé sur le tapis, la bataille terminée.

– Le petit doigt de Sharpham! Je suis navré de ne pouvoir vous le laisser à titre de souvenir.

Avec des gestes mesurés, il enfila son gilet, puis son veston. Corinne, très pâle, les yeux fixes, restait assise sur le lit.

– Allez-vous-en! Je vous en supplie, allez-vous-en!

Il fourra son col et sa cravate dans une de ses poches et marcha vers la porte. Sur le seuil, il se retourna :

– Bonne nuit, Corinne!... Assez moche, tout ça, hein? Qu'est-ce que vous voulez? Payer une addition, ce n'est jamais drôle!

Après son départ, elle demeura longtemps immobile, les épaules voûtées, le regard absent. Puis, elle se leva, passa dans la salle à manger voisine et but un grand verre de whisky. Sa main ne tremblait pas. Après quoi, elle alla au téléphone et composa sur le cadran le numéro du Mardene Club. Elle attendit un bon moment. Enfin, la voix de Donelly fit vibrer l'écouteur.

– C'est toi, Lucien? *Mon bel amour*, si tu savais comme je t'aime. Je guettais sa sortie. Je tenais à le voir passer. Il n'avait plus figure humaine, il chancelait à chaque pas et il était ruisselant de sang! Jamais je n'ai été si heureuse! Il lui a fallu dix minutes pour grimper dans sa voiture et, sur la route, elle zigzaguait comme s'il avait été...

Elle s'interrompit pour laisser parler Donelly, puis reprit :

– Mon chéri, *il faut absolument* que je te voie! La nuit est magnifique. Viens me retrouver, je t'attendrai dans le canot. Nous irons faire une promenade en mer, mon amour... J'ai tant de choses à te dire!... Je sais, il est tard... Mais, ensuite, nous rentrerons à la villa et nous dormirons, nous dormirons... Oui, il faut que je te parle! Dans ton intérêt aussi bien que dans le mien... C'est ça, dans une heure... Je serai dans le *Mayfly*...

Elle raccrocha, but encore un peu de whisky et se mit à rire. Peu après, elle pleurait.

Elle pleura longtemps. Ensuite, elle passa dans sa salle de bains, se plongea la figure dans l'eau, puis gagna le studio. Elle s'assit devant un petit secrétaire d'angle et songea. Elle pensait à des choses gentilles, qui étaient arrivées il y avait bien, bien longtemps. C'était ça, la vie! On était heureux. Et puis, un jour, on faisait une bêtise et les événements s'enchaînaient, qui ne vous permettraient pas de la réparer. Alors, on s'enfonçait... Irrémédiablement. Un marais, dont on ne pouvait s'arracher. La mer, seule, était propre. La mer...

Elle prit une feuille de papier et se mit à écrire. Au bout de quelques minutes, elle posa son stylo, se relut et mit les feuillets dans une enveloppe, sur laquelle elle traça une adresse. Puis, elle regarda sa montre. Il lui fallait se hâter.

Quelques minutes plus tard, sa voiture sortie du garage, elle prenait la route d'Alfriston.

. . . .

Callaghan rentra chez lui.

Nikolls, qui s'était installé dans un fauteuil pour y savourer un chef-d'œuvre intitulé *Pour être irrésistible en amour*, leva la tête.

– Fichtre! Tu reviens de la guerre?

– Je suis rentré dans une porte!

Jetant le doigt en caoutchouc sur la table, il ajouta :

– Range ça quelque part où ça ne perdra pas! Tu n'es pas obligé de me croire, mais c'est notre preuve!

CHAPITRE IX

Callaghan fumait, debout devant la cheminée. Il avait un bandeau sur l'œil et un emplâtre de sparadrap sur la lèvre inférieure, tout un côté de son visage se gonflait comme s'il avait eu une énorme fluxion et une longue balafre rosâtre partant de son oreille droite pour s'en aller se perdre quelque part derrière sa nuque. Malgré ça, il se sentait très satisfait de l'existence.

Nikolls entra dans la pièce.

– Gringall a quitté Eastbourne à onze heures. Il devrait être ici!

Il prit une cigarette dans la poche de son veston, l'alluma avec une allumette, artistement frottée sur le fond de son pantalon, et reprit :

– Tu sais que je m'évanouirais pour un rien?... Cette faiblesse que j'éprouve tous les jours, avant de déjeuner. On devrait s'en jeter un derrière le col. D'ailleurs, nous avons tout de même quelque chose à fêter!

– C'est assez mon opinion. Donne-nous à boire!

Nikolls obéit.

– Je me demande bien, déclara-t-il, réconforté par une première gorgée de whisky, ce que

Corinne va faire. Elle est cuite et ne doit pas être tellement brillante!

– Ce qu'elle fera? je le sais. C'est une fille qui ne flanche pas.

– Drôle d'affaire quand même! On se décarcasse, on se fait dérouiller et on récolte du vent! Le seul fric que tu aies palpé, c'est Corinne qui te l'a filé et il a fallu que tu en fasses cadeau à Donelly... ou à Sharpham. Enfin, au gars du Mardene. Bénéfice net : néant! Nous sommes des philanthropes. Des poires, quoi! Un peu plus, tu finissais en cabane! Tu m'avoueras que tout ça n'est pas logique!

– Tu sais ce que tu vas faire? Tu vas aller au Mardene, tu verras ta petite copine, tu lui expliqueras que son patron ne risque pas de protester et tu visiteras la boîte, et le coffre en particulier. J'imagine que ton amie doit connaître la combinaison. Tu trouveras peut-être là-dedans des choses intéressantes.

– Compris. Tu te rends compte que ça ressemble beaucoup à un cambriolage? Suppose que Donelly trouve ça drôle...

– Sois tranquille! Il n'a pas le cœur à rigoler. Dépêche-toi, Windy!

Nikolls jeta un regard de regret vers la bouteille, soupira de nouveau et disparut. Callaghan remplit son verre et alla à la fenêtre. Il faisait un temps superbe. De l'autre côté de la rue, le soleil jouait sur le toit des maisons. On frappa à la porte.

– Bonjour, Slim! lança Gringall.

Il s'immobilisa au milieu de la pièce, stupéfait.

– Mais qu'est-ce qui vous est arrivé, Slim? Vous êtes passé sous un tank?

– C'est les autres qu'il faudrait voir, Gringall! Les *trois* autres! Vous prenez quelque chose?

– Non, merci!

Tirant sa pipe de sa poche et commençant à la bourrer, il ajouta :

– Ce matin, il y a de cela une heure et demie environ, la mer a rejeté sur la plage, à peu près à trois kilomètres à l'est des Roches, les corps de Corinne Alardyse et de Lucien Donelly. Cette information vous paraît-elle dans la logique des choses?

– Absolument. Elle était la femme de Donelly, vous le savez. Mais, ce qu'elle ignorait et que je lui ai appris cette nuit, c'est que son mariage était sans valeur légale. Ce Donelly n'était pas Donelly, mais le Rupert Sharpham qui, en 39, avait épousé Viola Alardyse. Je n'ai pas pris la peine de dire à Corinne que le mariage de Viola ne valait pas mieux que le sien, Sharpham ayant déjà femme et enfant en Afrique du Sud. Il avait épousé Corinne afin de la tenir solidement pour faire chanter Viola en toute impunité. J'espère que son corps n'est pas trop abîmé et qu'on pourra l'identifier sans risque d'erreur.

– Rassurez-vous! Les corps sont un peu boursouflés, mais très reconnaissables. Vous avez rudement travaillé, hein?

– Oui. Cette fois-ci l'Agence Callaghan a pris les jetons sans le moindre bénéfice et son directeur a bien failli aller faire un tour en prison!

– Ce qui semble vouloir dire que *c'est bien vous* qui avez tout maquillé dans le pavillon. Inutile de vous dire que Patricia ne m'avait pas trompé!

– J'avoue, mais je ne regrette pas. Vous aurez toutes les preuves que vous pouvez désirer.

Corinne m'a écrit, cette nuit, une lettre qu'elle a dû venir jeter elle-même dans la boîte de l'hôtel, peu après mon retour.

– Stenhurst?

– C'est elle qui l'a tué. Je ne dirai pas sans le vouloir, mais du moins sans préméditation. Le vieux était moins bête qu'on ne l'imaginait. Il y avait déjà quelque temps qu'il s'était renseigné sur Donelly et le Mardene Club et, si la discussion à table avait été si violente, c'était surtout parce qu'il savait que Corinne était la femme de Donelly. Là-dessus, il reçoit la lettre anonyme qui lui apprend que Viola est mariée, elle aussi. Il est de plus en plus furieux.

– Ça se comprend!

– Le lendemain – c'est une supposition, mais je suis sûr de ne pas me tromper – Corinne fouille dans les affaires de son beau-père et prend connaissance de la lettre. Tout de suite, elle se dit – et elle n'a pas tort – que Donelly qui l'a écrite. Elle lui en veut terriblement et elle décide qu'elle l'obligera à reconnaître que c'est lui l'auteur de cette lettre. Le couple, c'est une chose à ne pas perdre de vue, était peu ordinaire. Corinne détestait Donelly tout en l'aimant à la folie. C'est bizarre, mais c'est comme ça!

– Ce sont des choses qui arrivent.

– Elle prend donc le pistolet automatique qui traîne toujours dans la chambre du colonel, elle le charge et s'en va trouver Donelly, bien décidée à lui dire ce qu'elle pense et à obtenir l'aveu qu'elle entend lui arracher, dût-elle pour cela le menacer de son arme. Mais elle ne le rencontre pas au Mardene Club. Il est à Brighton, avec des amis. Assez tôt dans la soirée, elle regagne Dark Spinney, pénétrant dans la propriété par la petite porte verte du jardin. Elle fait quelques pas dans le sentier et – hypothèse toujours, mais qui équivaut pour moi à une certitude – se heurte à Stenhurst, qui, la veille, a surpris son coup de téléphone à Donelly et qui l'attend pour avoir avec elle une explication. Il la conduit au pavillon, lui parle avec la vigueur que vous imaginez, lui montre la lettre anonyme, lui dit qu'il a entendu sa conversation téléphonique avec Donelly – ou Sharpham, si vous préférez – et lui demande ce qu'elle a à dire. Naturellement, elle l'envoie promener. Alors, il joue sa carte maîtresse : il lui révèle qu'il sait qu'elle est la femme de Donelly. Pour elle, c'est le coup dur! S'il sait ça, tout est fichu! Impossible de continuer à faire chanter Viola. La scène a dû être jolie.

– Je n'en doute pas.

– Elle se souvient alors qu'elle a une arme dans son sac. Elle la prend, elle tire et le colonel devient feu Stenhurst. Elle se rappelle ensuite que, quelques semaines plus tôt, le bonhomme leur a montré son pistolet et que tout le monde l'a manipulé. Il se peut fort bien que Viola eût été la dernière à le tenir en main et que Corinne s'en souvînt et qu'elle sût que, par conséquent, ce seraient les empreintes de Viola qu'on trouverait sur l'arme, puisqu'elle, Corinne, avait pris soin de mettre ses gants avant de la prendre chez le colonel et que, depuis, elle ne l'avait jamais touchée, la main nue. Sa décision est vite arrêtée. Elle jette l'arme à terre, pose sous le corps un mouchoir appartenant à Viola et, sortant par où elle est venue, file en voiture vers Eastbourne ou ailleurs. Personne ne l'a vue, elle est sûre de s'en tirer. Stenhurst ne peut plus parler et *elle sait* que, du fait de la lettre anonyme qu'il a reçue, les apparences sont *contre Viola*, dont on sera d'accord pour trouver qu'elle avait les meilleures raisons du monde de souhaiter la disparition de son beau-père. De ce côté-là, tout va bien. Ce qui la préoccupe, maintenant, c'est la lettre anonyme. Ou, plutôt, Donelly. Il faut qu'elle sache si c'est lui qui l'a écrite ou non. Car, *si c'était lui*, elle comprend ce qu'il a en tête et ça l'inquiète. C'est pourquoi, un peu plus tard, elle me chargera de découvrir ce qu'il en est, me gratifiant pour cela de soixante-quinze livres. Elle se figurait qu'avec soixant-quinze livres il était possible de tout acheter!

– On n'achète pas M. Callaghan à ce prix-là! fit remarquer Gringall, avec un soupçon d'ironie dans la voix.

– Très exact. Quand l'Agence Callaghan s'offre des fantaisies, elle exige qu'il y ait *vraiment* de l'argent à la clé! Corinne admet, dans sa confession, avoir tué Stenhurst. Si l'on tient compte des conditions dans lesquelles elle a été écrite, sa lettre est un document remarquable. Pourtant, à ce moment-là, elle devait être comme folle. Après mon départ, elle avait dû téléphoner à Donelly. Elle savait qu'il viendrait la retrouver : elle avait regagné sa confiance en le prévenant de ma visite et en lui annonçant que je n'allais le voir que pour le corriger, il devait donc accepter d'aller faire avec elle un tour en mer à bord de ce canot, qu'elle pilotait avec virtuosité et qu'il lui était facile de faire chavirer, une fois au large, s'il lui en prenait fantaisie. Elle me l'avait presque prouvé, il n'y a pas tellement longtemps.

– Au total, tout s'explique!

– Tout! Quand nous commençons quelque

chose, nous le finissons. J'ai mis dans cette enveloppe la lettre de Corinne, le doigt en caoutchouc que Sharpham portait depuis qu'il avait été amputé de l'auriculaire et quelques notes rédigées à votre intention. Je vous donne tout ça... et c'est gratuit!

Gringall empocha l'enveloppe :

– J'accepterais bien, maintenant, ce whisky dont vous parliez tout à l'heure.

Tandis que Callaghan préparait son verre, il ajouta :

– L'enquête du *coroner* aura lieu jeudi prochain. Je vous demanderai d'y être, Slim, en qualité de témoin. Il faudra fixer le point de savoir si, au regard de la loi, elle était « en pleine possession de ses facultés » lorsqu'elle a retourné son canot. Pour l'assassinat, nous retiendrons contre elle l'inculpation « d'homicide volontaire ».

Il but son whisky, serra la main de Callaghan et se retira.

Peu après, le téléphone sonnait.

– Monsieur Callaghan? dit au bout du fil la voix d'Effie Thompson. Miss Audrey Vendayne a téléphoné ce matin. Elle dit que la campagne du Devon n'a jamais été plus jolie et qu'elle aimerait vous avoir samedi prochain ou le samedi suivant.

– Dites-lui que, cette semaine, c'est impossible. Je suis revenu ici. Samedi en huit, probablement!

– Vous avez une drôle de voix, Monsieur Callaghan. Qu'est-ce que vous avez dans la bouche?

– Ne vous inquiétez pas de ça? Téléphonez à Miss Vendayne et dites-lui que je l'appellerai en fin de semaine.

– Bien, Monsieur Callaghan.

Il posa le récepteur et alla regarder par la fenêtre la petite rue paisible, qui s'allongeait sous le soleil de midi.

. . . .

Le *coroner* se tourna vers les jurés.

– Messieurs, je suis navré d'avoir pris tant de vos précieux instants avec cette malheureuse affaire. Avant de vous rendre à vos occupations, il m'est agréable de vous signaler que j'ai été prié, par l'inspecteur-chef Gringall, de la Brigade des détectives de Scotland Yard, de remercier M. Rupert O'Brien Callaghan, directeur de l'Agence Callaghan, de l'aide considérable qu'il a apportée à la police à l'occasion des recherches provoquées par les trois décès, sur lesquels vous venez de rendre votre verdict. Je vous remercie, messieurs, votre mission est terminée.

Dehors, Callaghan aborda Gringall.

– Où allons-nous? La police adresse des remerciements officiels à l'Agence Callaghan. Qu'est-ce qui se passe?

Gringall cligna de l'œil.

– Poudre aux yeux, Slim!... Rien d'autre! Et laissez-moi vous donner un conseil! Vous vous en êtes encore tiré cette fois-ci, mais, un de ces jours, vous prendrez un risque de trop et vous vous trouverez dans un pétrin dont vous ne pourrez pas vous sortir!

– Non? Enfin!... Si ça m'arrive, j'irai vous voir!

Gringall hocha la tête avec mélancolie et s'éloigna à pied, cependant que Callaghan montait en voiture et prenait la route d'Alfriston.

La journée était splendide. Un clair soleil brillait dans un ciel tout bleu. Sur la mer, des mouettes volaient en rond dans un concert de cris aigus. Callaghan songeait que, dans l'ensemble, l'existence était beaucoup plus tolérable que d'aucuns ne le prétendaient.

Il roulait à allure très modérée quand il passa devant la petite porte verte, encastrée dans la haute muraille de Dark Spinney. Elle s'ouvrait juste à ce moment-là, livrant passage à Viola, que Patricia accompagnait. L'auto s'immobilisa. Patricia accourut.

– Bonjour, Slim! Nous parlions de vous, Viola et moi. Je tâche de lui faire comprendre qu'il n'y a pas à se casser la tête pour des choses qui sont maintenant *du passé* et que, le grand secret, c'est de tirer de la vie tout le bonheur qu'elle veut bien vous donner. Dites que j'ai raison.

– Ça ne se discute même pas! C'est un péché que d'être triste par une journée comme celle-ci.

– Il faut que j'aille au village. On se reverra, Slim! A propos, nous pensions – du moins, Viola pensait – que vous pourriez rester ici quelque temps histoire de vous reposer. Nous serions très heureuses de vous avoir à Dark Spinney. A mon sens, ce serait *épatant*! Viola est de mon avis. Seulement, elle ne vous le dira pas. Elle traverse une crise de timidité...

Viola protestait.

– Patricia! Comment peux-tu dire des choses pareilles!

– Je pourrais en dire bien d'autres si c'était nécessaire!

Elle s'éloigna en riant.

– C'est vrai, Slim, dit Viola, vous nous feriez

grand plaisir en restant un peu avec nous! Nous ne pouvons pas vous exprimer notre reconnaissance. Vous avez tant fait pour nous!... Tante Honoria ne vous pardonnerait jamais de ne pas accepter son hospitalité.

– Ce, ce serait terrible! Ne pas être pardonné par tante Honoria, c'est un risque que je ne peux pas courir! J'accepte donc. Seulement, il faut que je téléphone à mon bureau. Montez! Je l'appellerai de la cabine qui est un peu plus loin, au-delà du tournant.

Viola s'installa à côté de lui.

La voiture à peine disparue, Patricia sortit de la haie derrière laquelle elle s'était cachée, traversa la route et rentra dans la propriété. Dans le jardin, elle rencontra miss Wymering.

– Est-ce que M. Callaghan reste avec nous? demanda la vieille dame.

– Et comment! Il est allé faire un tour en voiture avec Viola.

Avec un soupir, elle ajouta :

– Cette fille ne sait pas ce qui l'attend!

– Que veux-tu dire?

– Qu'elle est amoureuse, pas autre chose! Quand Slim est arrivé ici, elle l'a bousculé, il fallait voir ça! Elle voulait le faire jeter dehors. Tu te souviens de ce qu'elle nous a dit, ce soir-là. Maintenant, regarde-la! Quand il est devant elle, ses yeux brillent et c'est tout juste si elle ne rougit pas quand on parle de lui.

Elle soupira de nouveau et poursuivit :

– Pour moi, c'est couru en ce qui la concerne! S'il n'arrête pas la voiture de l'autre côté du bois et s'il n'obtient pas de Viola une manière d'acompte, c'est qu'il n'est pas l'homme que je crois!

– Que viens-tu me parler d'acompte? M. Galashiels lui a envoyé hier un chèque de mille livres, à imputer sur la succession. Il doit l'avoir maintenant.

– Reviens à toi! Je ne faisais pas allusion *à de l'argent..*

Miss Wymering s'alarma.

– Mon Dieu! Tu ne vas pas me prétendre que Viola, après tous les ennuis que nous venons d'avoir, s'éprendrait d'un homme et l'épouserait?

– Je ne prétends rien du tout. Et, rassure-toi, il n'est pas question de mariage!

Les deux femmes reprenaient le chemin de la maison.

– A propos, ma tante, as-tu jamais entendu une chanson, qui s'appelle « *Aime-les, Joë, mais laisse-les tomber à temps!* »?

DERNIERS VOLUMES
PARUS DANS LA COLLECTION
LE CLUB DES MASQUES

IMPRIMÉ EN FRANCE PAR BRODARD ET TAUPIN
7, bd Romain-Rolland - Montrouge - Usine de La Flèche.

ISBN : 2 - 7024 - 1104 - 5 H 31/0502/0